Henry Lawson

亨利·劳森诗歌选译

[澳] 亨利·劳森　著

赵彤　徐洲　何欢　译

四川文艺出版社

图书在版编目（CIP）数据

亨利·劳森诗歌选译 /(澳)亨利·劳森著 ; 赵彤,
徐洲, 何欢译. —— 成都 : 四川文艺出版社, 2025.5.
ISBN 978-7-5411-7252-6

Ⅰ. I611.25

中国国家版本馆CIP数据核字第2025X1C744号

HENLI LAOSEN SHIGE XUANYI

亨利·劳森诗歌选译

[澳]亨利·劳森　著

赵彤　徐洲　何欢　译

出 品 人　冯　静
责任编辑　周亦昕
封面设计　魏晓舸
内文制作　史小燕
责任校对　蓝　海
责任印制　崔　娜

出版发行　四川文艺出版社（成都市锦江区三色路238号）
网　　址　www.scwys.com
电　　话　028-86361802（发行部）　028-86361781（编辑部）

印　　刷　四川机投印务有限公司
成品尺寸　145mm×210mm　　　开　　本　32开
印　　张　10　　　　　　　　　字　　数　200千
版　　次　2025年5月第一版　　印　　次　2025年5月第一次印刷
书　　号　ISBN 978-7-5411-7252-6
定　　价　78.00元

亨利·劳森
（Henry Lawson，1867—1922）

前　言

亨利·劳森（Henry Lawson，1867—1922），澳大利亚著名诗人、小说家、散文家，澳大利亚民族主义运动代表人物，澳大利亚现实主义文学奠基人。其作品被称为"澳大利亚的声音"，堪称澳大利亚人的骄傲。

亨利·劳森于1867年出生于新南威尔士州的格伦费尔。14岁时，他完全失聪。许多人认为正是这样的痛苦才让他的世界变得更加生动，也使他后来的写作充满了活力。经过一段时间的绘画培训后，他受到母亲赞成"共和"以及投身妇女运动的影响，参与了相关运动的讨论与活动，之后他编辑期刊《共和党人》，并开始通过创作诗和小说来表达他对社会底层人民的同情，以及爱国主义情感。他的第一部小说于1888年发表在《公报》上，不久后他游历澳大利亚和新西兰，还受邀前往英国讲学。1896年，他与伯莎·布雷特结婚，生有一儿一女。1903年，劳森的婚姻破裂，后来他被伊莎贝尔·拜尔斯夫人收留并与之生活。劳森一生都在旅行游历中度过，其间他常常因失望而醉生梦死，精神压抑。当然，他也在诗歌与小说中抒发了这种情感，期望以这些诗歌和小说来使人们醒悟。劳森的诗歌中充满激情，让当时的一些评论家感到不解，为何这么多人竟然能从劳森对人类状况的描绘中得到启发。晚年的劳森陷入贫困并患上精神疾病，1922年逝世于悉尼郊区的阿伯茨福德，澳大利亚为其举行了国葬。时至今日，亨利·劳森是澳大利亚最受欢迎，也最受追捧的诗人之一。

本选译集以澳大利亚A&R Classics出版社2014年再版的《亨利·劳森诗集》为底本，针对亨利·劳森的思想情感以及诗歌的内容、风格和特点，选择了百余首诗歌进行翻译。亨利·劳森的诗歌大都是传统的英语诗歌，要译成相对应的中文传统诗歌或遵循原诗歌的格律，无疑是难以处理的。故几位译者统一翻译思想：不脱离原文，还原原诗的诗境与诗意，译成自由体。

本译稿经过数月，于2024年9月终稿。诗歌分别由赵彤、徐洲和何欢译出，这是他们继已出版的《澳大利亚诗人安德鲁·佩特森诗歌选译集》之后的第二本关于澳大利亚诗人的诗歌选译集，其中赵彤译34首（合6.7万字），徐洲译36首（合6.8万字），何欢译30首（合6.5万字）。

诗歌选译过程中，西昌学院、四川省国别与区域重点研究基地澳大利亚研究中心给予了经费上的支持。在此，一并致以诚挚的谢意。

翻译是译者基于文本之上的再创作，故而，译作也难以尽如人意，加之译者才疏学浅，译文中难免出现误译或需要改进的地方，恳请读者提出宝贵的批评与建议。

译者

2024年9月12日

译者简介

赵彤，硕士研究生，西昌学院外国语学院教授，澳大利亚弗林德斯大学访问学者，主要从事英语诗歌研究（美国、澳大利亚诗人为主），在《外国语文》《山东外语教学》《英美文学研究论丛》等刊物发表学术论文数十篇，参编教材和专著七部、译著一部，获得科研奖十余项。

徐洲，硕士研究生，西昌学院外国语学院副教授，研究方向为英语教育、诗歌翻译。西昌学院第二届优秀青年教师。"四川省第二批线上线下混合式一流本科课程——《英语视听说》"负责人，主持完成州级项目两项、校级项目两项，出版译著一部、专著一部。

何欢，硕士研究生，西昌学院外国语学院讲师，主要从事英语教育、英语翻译研究。主持及参与省级、校级课程建设两门，主研省级、州级教研和科研项目六项，获得省级、校级教学竞赛奖四次。

目 录

老树皮学校

它是由树皮与杆子建成的，地板上布满了洞
每遇雨天，洞会形成一个个小的水洼；
墙壁上裂痕斑斑，到处是印花布和麻布袋图案。
学校里用不到窗户。

灰色的老马驮着三四个孩子
在崎岖的沟壑间往返于学校；
老马看上去很聪明，每次将头伸进门时
校长都会瞬间欣喜。

老马和科布一伙跑了——"那匹灰色的头儿，让它去吧！"
有些人"知道它身上的烙印"
还有"众人皆知老马路上的辛劳"……葬礼词："好老马！"
我们将它葬在了它死去的沟壑里。

主人也这么想。它来自爱尔兰，
夏天那里的水槽是满的，饲料也很丰富；
当时时尚的小丑会用爱尔兰口音讲述着它的过往——

那是无意的模仿，要让听众理解。

我们从古老而又肮脏的地图残片上了解世界
而它们又是镇上的公立学校早已丢弃的；
几乎每本书都可以追溯到库克船长时代
在地理上，我们与北方是相反的。

它"就在书里"，好吧，随它去吧，
因为我们从不相信书会说谎；
当我们中午出来时，我们很快知道了
"太阳在天空的南边"。

古老的树皮学校消失了，它曾矗立的地方是
能听到杓鹬叫声的冬天的牛场；
原址上有了一所砌砖的学校，一位校友告诉我们，
修建它的时候，我们的老校长"被转移"了。

舞池上的临时地铺

二十个酷暑后我回来了——
因为我现在厌倦了城市——
我的脚踩在红土的犁沟里
我的手放在犁上,
与两个"黝黑的兄弟"跋涉着
在穿过沃土回家的路上——
此时,沿着草地的边缘,
牛也吃着草回家。

我早早地犁完地,
匆忙回家去喝茶——
我的黑衣放在犁架上,
还有我一件干净的白衬衫;
岩石山有场舞会,
他们不再跳舞了,
但为了某个倾心的舞会
也会在舞池上临时打个地铺。

你记得玛丽·凯里，

丛林人在岩石山的最爱吗？

甜美的长着色斑的脸，

红金色的头发，和善的灰眼；

姐妹，女儿，到母亲，

母亲，姐妹，别人——

所有的朋友与亲人中，

玛丽·凯里最爱我。

她太害羞了，因为她爱我，

不愿与我共舞；

我不在乎，因为她爱我，

即使全世界都看着。

其他人骑马回家时，

我们在滑轨旁幽会，

黎明前的一小时，

星宿密布的天空依然朦胧。

棕色的小手铺开了床垫

老人们眨眼看着

她是怎样为我找来一个额外的枕头

和额外的床单。

她害羞地笑了一下，

又给了我一个吻——
在舞池临时的地铺旁
她走了，留给我的是快乐。

在船舱里使劲摇晃我，
在头等舱里轻摇我，
夕阳西下
我孤独地躺在沙丘上；
无论黑夜降临在哪里
直到我永远安息——
在舞池的临时地铺上
我会梦见我是幸福的。

诗人的灵魂

在漫长的岁月里，我写诗，
为了我的人民和正义而写，
黑夜里笔尖浸润着我的灵魂时
我是忠实的；
我不为赞美与金钱而写，
我渴望的只是灵魂和笔，
抒写人们的善意
我未觉甜蜜中的刺痛。

你读了我的作品，也有的人没有读，
我的作品似乎与我无关，
但事物的真实在我的生命中颤动，
而事物的邪恶却在扼杀我的心！
我被赶走，被藐视，被冷落，
软弱，恐惧，负债，
我的诗歌被糟蹋！被拒绝！
响彻整个联邦！

而你，纯洁而正直的人，

在你舒适和傲慢的宁静中，

你嘲笑我肉体的卑贱，

你诱惑我，把我抛弃。

我受了委屈，被赶出，喝得酩酊大醉，

人们避开我，以为我"精神错乱"和不堪，

我去了无人涉足的地方，

也见过了无人见过的风景。

我曾见过你们裸露的灵魂！

我听见的就如聋子听见的一样！

我曾见过你们失去理智

被极度的恐惧所折磨。

当美丽的夜晚掩盖了

过去一天令人震惊的黑色耻辱时，

最终随着真理的到来

我觉察了浩瀚宇宙的颤动。

月中狗

你童年的日子里，奶奶尚在，
一切都是真实的，一切都是公平的，
你相信你的过错很快会受到责罚，
你相信《月中人》的故事。

我们知道，因为他在星期天捡树枝，
他被送上了月亮。他的狗也跟着去了。
六月，在主人死去的整整一个月里，
但他的老狗仍在哀悼他——月中狗。

如果你不相信我——人们也都迟钝——
那就月满时寻找合适的地方吧。
你会听到狗的哀鸣——
它是地球上的狗对月中狗的回应。

新生命，新爱情

微风吹拂着河面，
蓬松的云高高地飘着，
我注意到墨绿的桉树
点缀着明亮的蓝色的苍穹。
雨下过了，草变绿了
棕色的斜坡裸露着，
在我未逝之时
我又看到了曾见的东西。

漫长的黑夜里，我找到了一盏灯，
比星星月亮还亮；
我不再害怕日落的凄凉，
也不再害怕午后的忧伤。
我牵着你的手，让我们站在这里，
你金色的头上闪耀着光芒——
哦，我感到在我心死之前的日子里
我曾感受到的那种激动。

暴风雨过去了，但我的嘴唇干了
旧日的痛苦仍在——
爱人或妻子，我必须从你那温润的红唇中
汲取新的生命！
你紧抱着我，就让它去吧，
世上没有什么可怕的，
在我心死以前的日子里
我将还是原来的我！

贫 穷

我憎恨这没完没了的贫穷——
苦干，拮据，借钱度日，
因为对未来的恐惧
而永远地困扰着。
它打碎了一个人坚强的心，
粉碎了他的精神——
做他想做的，做他能做的，
不管他的品行有多高！

我憎恨牧师和诗人
对匮乏的赞美，
不懂匮乏的人的谎话
蒙蔽了懂得匮乏的人。
自人类诞生以来最大的诅咒，
永恒的恐惧：
造成世间一半的罪恶
和一半的错误。

回 信

职员，在信中说，
　"公鸡和鸡冠"，
我懒散地坐着
　"思乡"；
我一定卖力工作——
谋生，
更多的通信中写着，
　"回信。"

受雇的职员
　"沙蒂和伍德"，
认为我们没有
转寄货物。
我们寄出的包裹——
据我所知，丢失了，
附言上写着：
　"回信。"

这是另一封信

来自布兰德——

"他期盼的支票

还没收到。"

我是怎么忘的

理不清，

"远期汇款，

回信。"

这是另一封信——

哦，它是怎么来的？

它来自"本德"的款待

密友的策划。

看空白处，

大字写道：

"阅后即焚——

回信。"

来自英国的邮件，

给我的信——

亲爱的宝贝

漂洋过海。

"心碎了，

啊！我多么渴望
见到你……
回信。"

一个"永远不会
认为我很坏"的人
给我写了一封信
含泪伤心。
以为我快饿死，
倍加关心，
寄给我些钱——
"回信。"

这是一封来自父亲的信，
写给他的儿子：
"一切都可原谅——
热情款待。"
哦，但愿我曾经
以为他是严厉的——
路程的费用——
回信。

达令河之挽歌

天空是青铜色的，平原是裸露的，
四处是死亡与废墟——
去年洪水只留下
一条流淌在灰黑色泥土上的病态的溪流；
咸泉冒泡，泥沼颤抖，
这是达令河的挽歌：

"干旱中，我从昆士兰的雨中升起，
我反复地充填我的支流；
为了我的生命，为了我的人民，
我徒劳地护着我的水潭；
土地会变老，人们永远不会
看到达令河的价值。

"我淹没干涸的沟壑，冲秃了山丘，
我把干旱的车辙变成潺潺溪流——
我形成美丽的岛屿和绿色的林间空地
直到每个弯道都是森林的景致。

我灌溉了广阔的贫瘠土地！
但我的努力是徒劳的，啊！我徒劳地试图
展示伟大赐予者的标志，
赐予一个民族的话：锁住你的河流。

"我不需要轰鸣的驳船，
只需要四季不息的汽船；
在孤独的路上，我想要美丽的家园，
那里有人民的爱和人民的赞美——
有红润的孩子在水边嬉戏——
有美丽的女孩踩着溪流；
还有凉爽、绿色的森林和花园。"——
啊，这是达令河的赞美诗。

天空是青铜色的，灌木丛是耀眼的，
四处是死亡和废墟；
被抛高漂白，或被深埋泥里
去年的洪水掩埋了遗骨，
恶魔在永恒的世界中跳舞
嘲笑达令河的上涨。

公海的港口

在这里，当海上风暴来临时
船只在黑暗中若隐若现，
这里是西半球的西南边缘，
全世界海洋的威力
绕着这片最年轻的陆地滚滚而来——
从世界的骚动中解放出来，
屹立在公海的港口。

在灰沙绵延的悬崖边
一直延伸到喷洒着水花的马路边，
黑沙海滩
从大路旅客的脚下掠过，
在高处，一项宏伟的工程
在诸神的工作停止之前就已开始，
在悬崖林立的海岸火山边
挺立着荒凉的东南港口。

在白雪皑皑的陡峭山峦边，

在崎岖不平的梯田山丘边——
远离瞬息万变的生活，
远离充满杀戮的争斗——
那里春天的土地充满活力
胜过地球的土地——
哦，漫游者的心渴望着
公海的港口。

但船长们却都在注视着
等待南海怒涛的迹象——
让东南方的天空变暗，
他们就会转向海上的航道。
当东南海面在公海港口掀起波涛时，
无论货物是什么，
海船都不敢逗留。

南方是荒凉的悬崖，
北方，三王静候在天边，
朝着东南方，勇敢地面对暴风雨——
穿跃波涛肆虐的海峡；
远处，一只白帆
在波涛汹涌中折杆——
那里，巨大的绿色泡沫飞溅的浪涛

拍打在到处是黑色礁石的海岸上。

对桅杆上的水手来说
东南方的陆地是可怕的地方，
那低矮的云像岬角般若隐若现，
黑色悬崖如云般朦朦胧胧。
当波涛汹涌迎风而来
背风处的灯火被遮蔽，
暗礁向内延伸
指向公海的港口。

但是，哎，东南的天气——
三天大风横扫不停——
飞沫如冰雹般，
穿过亚麻和石楠丛，
一路飞旋。
人类的造物值得赞颂
在狂风怒吼的地方，
海岸的家园
仍在黑暗的悬崖上闪着灯光！

灰暗的云压向山脚，
野树枝奔突席卷；

圆润山丘上的草丛

像成群飞驰的羔羊；

一只孤独的惊弓之鸟

飞过草丛、蕨类和树梢；

巨石遍布的沙滩咆哮着

唱响那公海的赞美诗。

作者向丛林人的告别

一些人在大西北带着他们的行李，
在那里，最勇敢的人战斗而死，
少数人长眠于此，
而少数人说："再见！"
海岸渐渐暗淡，也许要等很久
我才能再次见到古姆一家；
于是我把我的灵魂放进一首告别歌
致敬那些为我助威的伙计们。

他们的日子在最好时也很艰难，
他们的梦想——
上天因他们柔软的心而保佑他们，
还有他们的勇敢而坚毅的笑容！
愿上天让我像男子汉一样正直，
像男子汉一样真诚！
因为我有一颗忠诚的心，
和人们对我的信任！

我要在船上说一句，
鲜血淋漓的伙计们不要屈服！
世人或许会说这是吹嘘——
但如果有人参与的话，我一定会赢！
不为金牌，也不为世界的掌声——
尽管结局是这样的——
如果有人参与的话，我一定会赢，
因为有那些相信我的人。

悬　崖

他们歌颂内陆悬崖的壮丽，
但海洋的悬崖才是真正的宏伟——
我渴望漫游、梦想，也心存质疑
海洋的悬崖在哪里绵延。

目所能及的北方
是沙丘、巨石和沙滩；
但向南延伸的是我的足迹，
那里海边的悬崖吻着大海。

朋友们或在清晨远去，
但海边的悬崖却永远在那里；
恋人们或许在寒风中离去，
但海边的悬崖依然坚守。

它们守望着海并守护着陆地，
它们警告船只远离险地；
黄昏时我悲伤地想

如果我知道我的力量，我会是什么样子。

在烟云朦胧，白帆扬起的地方，
它们指引着船停在海面；
我想——啊，我——我想——啊，我！
如果我在海上，我会拯救那些残骸。

哦，悬崖老了，悬崖悲伤了，
它们知道我清醒，而人们却认为我疯了。
哦，悬崖是坚定的，悬崖是有力的，
它们明白我是对的，而人们却认为我是错的。

有时，在晨曦中，我想，
我如它们一般老，我如它们一般老；
我想，我想，无论田野还是城镇
我的精神将永存，直到悬崖崩塌。

善良的灵魂

我们带着和平与理智而来，
我们带着爱与光明而来，
驱逐黑暗的叛逆
和无尽的黑夜。

我们不知道上帝也不知道恶魔，
我们不排斥也不倡导———
我们为驱逐邪恶而来
思想与行动上皆如此。

这是我们宏伟的使命，
这是我们最纯粹的价值：
驱除迷信，
这世上最阴暗的诅咒。

我们不为宣判而来，
因为我们没有力量———
懦夫徒劳的忏悔

只会浪费等待的时间。

我们不再延长
虚度的年华；
我们是来帮助和巩固
这幸存的美好。

未来我们不再承诺，
我们不能战胜痛苦；
但工作、休息和笑声
将会抚慰受难的灵魂。

失去的东西，
我们不能归还任何人——
但真理和正义一定会胜利，
正义必须得到伸张！

我们带着不同的外表而来；
但每个人都是朴实的
每一个纯洁的思想
会一次又一次地升华。

天际线上的骑士

那个神秘的骑士是谁，
身材魁梧，却又遥远，
西边的骑士曾看到——
一个白日的幽灵？
在山脊或看似高远的地方
平原向东延伸，
天际线上的骑士
流传于许多地方。

夏日的昆虫在鸣叫
夏日的天空在闪光，
他在那里——没有人看见他走来，
他走了——没有人看见他走了。
他既真实又神秘，
我们无法找到他，
他经过我们的视线
一闪而过。

他从不停留也不匆忙，

而是慢慢地，在晴朗的日子里，

沿着东边的天际线

他似乎选择了他的路。

他迎着日出骑行，

他面对黑暗骑行，

突然，在夏天，在那里，

可怕的暴风雨和云隐约出现。

他不在星光下骑行，

也不在月光下骑行，

而常在遥远处

朦胧的午间薄雾中骑行。

悲伤的澳大利亚日落

（笔端难以表达的悲伤）

在夜幕降临时

常看见他骑马外出。

在连绵起伏的牧场边，

在遥远的"乡村"里，

在牛仔们冒险的地方，

他们每天都看到他。

许多人尝试找到他

那里的骑手永不会疲倦——
他不会留下痕迹
也不会点燃一簇火。

在牧场和草原上
他使我们困惑——
一个牛仔，或一个牧场主，
一个马贼，或一个侦察兵。
影子，
也没有暗示他来的路；
他的特征不清晰，
他以同样的方式消失。

他的衣着暗色而模糊
无法显示他的身份；
询问毫无结果，
我们看不见蹄印。
他使观察者迷惑，
或让守望者痛苦：
天际线上的骑士
也从未被解释过。

然而，无论步行还是骑马，

无论火车还是汽车，
人们匆匆向西——
无论多远——
许多人能清晰地看到，
不可或缺的伟大的——
天际线上的骑士
正向东方眺望。

鸦巢之上

低垂的铅灰帷幕
虽然被西天撕裂，
阴影仍将城市
压入死寂的安眠；
惨白的落日凝望着
云骸漂泊天际——
嶙峋屋墙投来
白昼最后的凄厉。

塔光燃起微光
暮日早已沉落——
我的同胞，啊，我的同胞！
起来，读懂那些征兆吧！
近处的高压线低垂昏暗
（吞噬星光），
黄昏时纵马的骑手
此刻仍在夜幕下穿梭！

（是他——谁会知道呢？——
侦察兵的幽灵？
诗人的灵魂，
他的真理遭到了质疑？
谁寻求过，谁成功了
在注定危险的痕迹里——
谁的警告被忽视
直到天空充满阴霾？）

未经历浴血奠基
却继承奢靡如常，
古国辉煌
终成我们陨落轨迹！
这该被传唱的耻辱
应在家园四处流布。

因无所征服而变得空虚，
因无堡垒而变得盲目，
只沉溺于
在享乐或消遣的追求中癫狂起舞。
对我们的冷酷盲目，
我们消磨掉时间
在黑暗中，半副武装地战斗，

今天，谁应该全副武装呢。

厚重的、如堡垒般的云雾
沿着西边的天空一一拂过——
疲惫不堪、低头不语的机械师
和面目苍白的职员掠过街头。
暗淡的灯光照着——
可怕的余光遮着——
戴着面纱和护目镜的富人
疾驰而过——他们不知去往哪里。

夜的阴魂醒了，
阴暗的山墙闪着光，
四室陋屋的露台
爬满窥视的瞳孔；
漫长的白昼消失在
荆棘丛生的西侧，
近处的地平线上
幽灵般的骑士在驰骋。

他们以为我不知道吗？

他们说我从未写过爱情，
像一个写诗的人应该做的那样；
他们说我未能拨动琴弦
带着坚定而真实的触摸；
他们说我对男女之情一无所知
而田野里却生长着爱的玫瑰，
他们说我必须用迟疑的笔来创作——
你们以为我不知道吗？

当爱情爆发时，就如英国的春天，
在我们的头发是棕色的日子里，
她的裙摆是神圣的
她的头发是天使的王冠；
另一位男士触碰她手臂时的震撼，
那里的舞者围坐成一排；
希望与绝望，还有那虚惊一场——
你们以为我不知道吗？

在西部农场暖昧的灯光边，

你记得提出的那个问题，

当你用颤抖的双臂温暖地抱着她

从头到脚你在颤抖；

她的指尖带给你的触电感，

和她那喃喃的低语，

温柔羞涩的屈服伴着温暖的红唇——

你们以为我不知道吗？

她葬在布莱顿，戈登也葬在那里，

那时我在另一个世界；

悲伤的老花园保守着它的秘密，

因为今天没有人知道。

她留给我一条信息，

那里是汹涌的浩瀚海洋；

你们知道一个人的心是怎样流血的吗——

你们以为我不知道吗？

我站在那位逝去的姑娘的墓旁，

当阳光明媚，

秋日的天空飘着白云时，

在那里我回复了那条信息。

但无论我走到哪里

死者的话都萦绕心头。
她本应生活在可能的婚姻里——
你们以为我不知道吗？

他们讥讽或嘲笑，他们祈祷或呻吟，
虚伪的朋友扮演着各自的角色。
你们以为一个独自喝酒的流氓
知道一个纯洁的姑娘的心吗？
知道一个纯洁的男孩的初恋
带着他的热血沸腾，
知道世界上古老的喜悦的悸动——
你们以为我不知道吗？

他们说我从未写过爱情，
他们说我的心就是如此
美好的感情遥不可及；
但一个作家却可能了解太多。
当星团低悬时，
最亮的夜晚也有最暗的深处；
写下一些事会击碎他坚强的心——
你们以为我不知道吗？

老工会主义者

我不知道这个事业是错的
还是对的——
我有过我的日子，也唱过我的歌，
还打过艰苦的仗。
说实话，我不知道
男孩们是什么意思，
但我加入工会已经二十年了，
我太老却不能做懦夫。

也许，有时，在过去的日子里，
现在很少有人记得，
我们确实以不同方式咬掉
很多我们无法嚼烂的东西——
我们在潮湿的罢工营地工作
在一片黑土平地上；
我们在漫长而饥饿的流浪中付出——
我太老却不能做懦夫。

1889 年昆士兰的罢工，
90 年代阴郁的日子——
歌剧院演唱的日子
为我们歌唱《马赛曲》；
无数的面孔，严厉而坚定，
等待着"艰苦的奋斗"，
无望的心还未被击败，
暴风雨的云在奔涌。

战斗，垂死的回旋
抵抗着每日的宣传；
初生的《工人报》守护着
危机中的家庭；
挨打人突然流下的眼泪——
哦，你可还记得！
是回忆使我的笔
不值得花时间去写懦夫。

我曾与他们在罢工营地哭泣，
那里是颤抖的人与兽；
自那时起我就戴着人的徽章
是地狱的！也是伦敦东区的！
耀眼火炬旁的白色面孔；

幽灵般的妻子们！——胖子的奴隶们！

和雨中衣衫褴褛的孩子们——

是的！——我太老却不能做懦夫。

小　贩

尘土，尘土，尘土和狗——
哦，牧羊犬不会是最后一个，
栗色老马长长的身影
与它伴侣的影子投射在那里。
一个褐色的女人和她褐色的孩子，
还有一个半低着头的男人，
食品袋挂着，被褥也挂着，
黑色的水桶紧紧地捆着
尾板斜挂在挂钩和其他东西上——
小贩的商队就这样走过去了。

黑色的帽子

看似纯真的一天，
灿烂的阳光和天空，
就在我的尖桩篱笆上，
黑色的帽子飘然而过。
戴着针织手套，穿着古香的旧衣，
没有丝毫的污点，
她疲惫的脸上露出安详的神情，
老奶奶常去教堂。

她的头发很白，像牛奶，
很久以前就是白色的——
旧的黑丝绸仍有光泽
她留着"去教堂穿"；
她那顶旧时风格的帽子，
早已过时，
她一定忆起一段疲惫的时光
就如同今天一样。

过去，她打着遮阳伞——

往昔似乎最美好的时光——

赞美诗和祈祷书高挂在

她温暖而瘦弱的胸膛上；

就像她在欢笑和泪水中，

在困苦中——在更糟糕中——

在为生活奔波的日子里，在凋谢的岁月里，

紧握着薄薄的家庭钱包。

虽然道路崎岖险峻，

但她坚定地走下去，

因为，自她的丈夫第一次哄她入睡

她的路就一直在上坡。

我本能地露出头

（一个罪恶的头，唉！）

在教堂钟声引领下，我看见

勇敢的老黑帽过去了。

因为她知道冷暖

和道路上的危险：

她曾与丛林大火搏斗，以拯救小麦

和后院的小屋。

丛林人爱着贫瘠的小溪，

爱着牧场、茅屋和围栏，
干瘦的手戴着旧手套
给人们干活。

很久以前，奶奶还年轻时
他们把它称为"奉献"，
在教堂，女儿们在歌唱，
声音低沉而甜美。
在教堂里，她低下头
（但不像别人那样）
她看见她所爱的人和死去的人
也听到他们的声音。

她年轻时像撒克逊人一样美丽——
不张扬，也不害羞：
健康生命中，坚毅和真理
随着岁月而凋逝：
她常与罪人一起虚妄地笑，
却又从信仰转向光明——
上天又赐给她美丽
而她的头发却更加花白。

在早期的日子里，她出现了，

（绿色的海洋，蓝色——和灰色）——
乡村集市，和英国的方式，
一个是现实世界，一个是遥远的世界。
她与萦绕心头的孤独做斗争
那里有葱郁的桉树；
像英国女人一样
战胜疾病和痛苦。

在青翠的狭长地带和长满青苔的墙边
众人已看到——
阴影下的白色虚无：
绿色映衬下的黑色斑点。
沉闷的乡村人聚在一起
三五成群地嗡嗡叫着，
一个古怪老人弯着腰
走下通往街道的白色台阶。

然后沿着我的尖桩篱笆
那里长着醒目的墙花——
世间睿智的老人——
黑帽，慢慢地点头。
但不再孤独；为了每一方
一个小点出现，

穿着雪白的连衣裙，束着骄傲的腰带——
这些都是奶奶的朋友。

对于他们而言，她的头脑清晰而聪慧，
她的旧理念是新的：
他们知道她"真实的谈话"是对的，
她"童话般的谈话"是真实的。
他们像成年人一样交流，
当所有的消息被告知；
她像年轻人一样聪慧，
两个睿智的老年人。

在家里，晚餐已经准备好，
她梳洗了她的头发和脸，
小心地放好她的黑帽，
戴上一顶花边帽子。
餐桌边的人变得谨小慎微
唯恐某种稀有的飞镖
击中餐桌边的人
那是她老派智慧的一部分。

儿子和儿媳睡了，
她系上围裙——

她让房子保持安静，
孩子们都走了。
没有了碟碰碟的声音
也没有了杯碰杯的声音，
如她所愿，孤独时，
黑帽在"洗涮"。

士兵鸟

（又名"黑头矿鸟"）

我注意到从弗罗姆山

到巴兰凡提桥，

从马奇山脉和巴克如，

到洛维山峰和格拉尼特山脊的河流。

破烂桉树的树干下

有着小溪里的"尾随者"——

浅滩联结的鳕鱼河

密布着柳树围成的水洼。

我注意到黑土的河滩，

还有红土的平地，

矮树丛下的墙边

长满了金色的金合欢；

蒂尔尼峡旁延伸的小径，

黄昏和幽灵的警示，

山上那生机的早晨，

还有那盎然的德国人农场。

我注意到蓝灰色的沟壑灌木丛中，

有着石板砌成的学校，

在婴儿的摇篮下

士兵鸟啄食着面包屑。

（啊！那些小小的士兵鸟，

低声细语的，可曾知道

我们中的一个会站得如此之高

又会飞得如此之低？）

我记得我们单调地学习

来自爱尔兰学校的课本，

受到鞭打和禁闭，

因为违反了校规。

啊！老师做梦也没想到

我们中的一人，可能，

或许会在伦敦写作

而在德国和法国读到他的作品。

我记得我们在营地玩耍的日子

带着铁罐和行囊，

我记得女孩们拿回家的纸条

而却有人"偷看纸条"。

啊！老师不会想到

（他已失去了那颗漫游的心）

多少逃学的人在他们的晚年

还继续流浪至今！

我记得他第一次给我

一支笔和墨水去写作时，

还有，他最后一次制作的"第四课表格"，

我与露丝·怀特分享了。

其他的男孩还是那样，

他们拿着板球和球棒：

他们对女孩们有着明显的蔑视，

但这时他们克服了这点。

女孩们进入"圆形球场"——

男孩汤姆和剩下的人——

那是普斯勒斯基地最真诚的游戏——

那也是我最喜欢的游戏。

山脊上的袋鼠叫声

还有，在皎白的月光下，

夜晚带着狗和枪

在平原上"装疯卖傻"。

在老挖掘者人堆里的"灰尘"
因为雨后的"颜色"，
马蹄铁因时间而保存
马戏团又来了，
并卖给了吉米·希尔——
他是平原上的铁匠；
五角，游泳洞——
哦，我都记得！

我喜欢荷兰的"饭袋"——
一种绿色的粗呢袋子——
面包和水，面包和肉，
还有面包和蜜糖的日子。
面包和黄油换成了肉，
面包屑换成了面包皮——
自那时——我们结了婚——又离了婚，
大多的老房都布满了灰。

那个时代，那个地方——
澳大利亚最艰难的一页——
男孩们被迫做农活
在他们十四岁时。
那个时代，那个地方，

早期的岁月，
男孩们从老树皮学校骑马回家
还去外面的世界。

自那以后，我飘过塞得港，
那不勒斯和"莱斯特"广场，
还有柯林斯和麦克瑞街——
我知道那里的秘密。
啊！乡下的男孩和女孩，
乡下的少女和少男，
像士兵鸟一样天真，
尽管我们觉得我们是调皮的！

但是，虽然它们都是无疑的真理，
而某种事业还将持续，
我勇敢面对青春中的艰苦岁月
会比过去更好。
这不必呻唤痛苦，
也不必凄然流泪，
或许最纯洁的东西
多年来我在这里写就。

马奇山脉边经过的铁路，

老的农场消失或荒芜；
孩子们的孩子伤悲地去
砖石砌成的学校，
但一切如初——马奇山脉
和马奇的天空一样美丽——
灰色的小士兵鸟
在那里像过去一样忙碌。

心中的比尔

有件事让我如鲠在喉，
像刀一样割着我的心：
它是那位在监狱门口等候的女人
而这个女人并不是他的妻子。
你可以布道和祈祷直到黎明，
你也可随心所欲地拯救和诅咒，
但那个女人的灵魂将永远黏着
比尔罪孽的灵魂。

她不需要我们的怜悯，
她的面孔如石头般坚硬——
一个褴褛的女人在与世道作战
独自激烈地战斗。
看门人的手亲切地触碰时
妻子的眼里充满泪水，
但萨尔却回答"该死的眼睛！"——
她只是对比尔念念不忘。

但是，她顺理成章地得到了帮助——
这源自一个隐藏很好的地方——
为她和孩子买了面包
也付了一间鸡舍的租金。
那个人看起来贼眉鼠眼，
一个握着拳头和遗嘱的人，
为了萨尔放行而付一两个英镑——
因为萨尔对比尔念念不忘。

（不知哪里来了一个鬼鬼祟祟的人
夜里来到红岩巷，
轻轻地敲着一扇昏暗的门
左右怒目而视：
半敬礼地抖动着手臂，
这是习惯性地——但也是违心地
与比尔一样的重刑犯，被释放了
捎来比尔给她的口信。

它挺直身子，脱下帽子
以一种奇怪的新姿态，
说完一句"谢谢妈妈"就走了
还付了一两杯啤酒的钱：
但是，无论今晚传来什么信息，

只有看透了一个女人的心

才会知道其内涵——

因为萨尔对比尔念念不忘。）

在换监即将到来时

一个女人独自来到监狱门旁，

她的脸庞不再像石头，

也没有抑制不住的泪痕，

一套"衣服"已补好，收好，

因为威廉要离开"山丘"

自从她爱上比尔以来

这是她第一次流泪。

家里有吃的，一份工作等着他

没人希望他生病，

一瓶啤酒和一个有思想的孩子

穿着崭新的军装。

一个带领他的老伙伴

还有家具——

如果他愿意，可以放一个月的假，

而且——为了比尔，她已经尽力了。

花园铁锹骑士

这是维尔兰的老国王，
所有土地的君主，
他手握一把花园的铁锹
在阳光明媚的日子里辛勤劳作。
因为艺术、耕作和贸易
在他广阔的领土上拥有了和平——
他用更锋利的东西赢得和平
远胜过一把花园铁锹。

老国王擦了擦额头，
深深地吸了一口气——于是：
就像很久以前的战争
当战争结束时他所做的那样。
他紧挨着坐在常春藤树下，
在深绿色的树荫下拼写；
当他刮擦着花园铁锹时
脑子里除了土豆别无所想。

阴影里站着一个无赖，
毫无戒心也无所畏惧，
他的头探出涂有黄油的窗户
他的手臂搂着一个肥胖的女仆。
他诱惑她，而她拒绝——
因为诱惑和拒绝是他们的交易——
他们都不知国王陛下
和国王陛下的花园铁锹。

老国王站在常春藤旁
他倾听着每一个字——
誓言，还有顺从的低语，
以及晚上的计划。
而且，无论是乡下人还是女仆，
无论是女士还是骑士，
他希望他的女仆们能堕入情网，
但他希望她们能理性对待。

突然一声重击打破了寂静，
无赖和女仆受到惊吓——
那是愤怒的维尔兰君主，
还有要拍打他们的花园铁锹！
无赖骂了一句脏话——

然后以无赖的姿态鞠躬，

他低头朝着砾石，

一只手伸向铁锹。

老国王思考片刻，

倚靠着他的花园铁锹，

听到肥胖女仆的尖叫声

其他的女仆吓得四散奔逃。

老国王停了一会儿，

然后皱着眉头说：

"我命令你俩结婚

在太阳落山时。

因为无论是乡下人还是小伙子，

无论是贵妇还是骑士的热恋，

虽然我想在王国里有强壮的儿子，

但我也会让他们如实地得到；

让儿子在战斗前的夜晚，

躺在星光闪耀的草地上时，

可以毫无羞愧地想起他母亲的名字，

并以他父亲的剑为荣！"

自那以后，那个无赖成了侍从，

当战争降临维尔兰时，

他骁勇战斗，

老国王封他为骑士。

他一直活到他的第一个曾孙

娶了一个厨娘，

他死时受人爱戴，也受人尊敬，

被封为花园铁锹骑士。

致杰克

所以，我一个人撑了过去，杰克，
我已摆脱所有的梦想与质疑。
虽然今晚我"麻木"又孤独，杰克，
我在等待旧年的结束。
我已摆脱了忧愁和恐惧，杰克，
我精神焕发，
为了旧的一年，杰克，
和灿烂的新年。

我已陷入了世俗的耻辱，杰克，
我知道你听到了；
他们在这里诽谤我的名字，杰克，
我从不回答他们一个字。
但为什么我要咆哮或悲伤，杰克
他们是如此狭隘和微不足道？
我知道你不会相信，杰克，
那些针对我的谎言。

我不责怪对我撒的谎言，
我不责怪我的土地，
但我听到了伦敦的召唤，
我渴望海洋的咆哮。
我们的民族总是这样，杰克；
你知道一个流浪汉的感受——
我们可以与一个直爽的人面对面，杰克，
但却无法让坏人远离我们。

你知道我爱女人爱喝酒，杰克，
那就是困扰的开始；
但你知道我永不会退缩，杰克，
做一件男子汉值得做的事！
我从不卑鄙或阴诈，杰克，
我也绝不会残忍。
我会给你一只干净的手，杰克
当我们在海上再次相遇。

我会给你带来一些烦恼，杰克；
有人告诉我，我变了很多；
我的头发变白，杰克；
但我的心却年轻如旧。
我仍对男人和女人有信心，杰克，

尽管他们可能自私和盲目。
我仍有我的灵魂和笔，杰克，
对我而言，我的祖国似乎更为珍贵。

你的夏天来临时我将远航，杰克，
挥手告别我的祖国；
啊！我渴望看一眼你的笑容，杰克，
也渴望紧握着你的手。
我们都经历过悲伤和痛苦，杰克，
逝去的日子里我们都犯过错；
但我们将再打一场旧仗，杰克，
在一场值得胜利的战斗中。

风静时，叹息的橡树

为什么橡树总是叹息呢？
（风静时，橡树仍在叹息？）
为什么逝去的希望总是奄奄一息？
（逝去的希望仍与我们同在。）
如你所造，如你所愿。

为什么山脊总是在等待？
在人类到来前就已守候，
与喧嚣城镇为邻，
孤独的山脊依旧在等待着？
无名的山脊和沟壑。

为什么坚强的心总在眺望
那未显露凶兆的未来？
为什么善良的心总是欢欣鼓舞，
即使在恐惧平静时？
如你所造，如你所愿。

为什么距离总是在拉近？

（我们周围仍然是广阔的地平线。）

为什么怨恨总是在折磨我们

纵使这世界或许并无恶念？

为什么如此多人总是在拉着

刺耳却令人无法激动的琴弦——

终不成乐？

如你所造，如你所愿。

醉汉的想象

贫民窟的公共地带，
邪恶和罪行的出没之地，
那里说着难以入耳的话，
做着不堪入目的事；
在粗俗的玩笑和鲁莽的歌声中，
嘲弄着所有纯洁和正直的人，
醉汉终日饮酒，
在可怕的黑夜里咆哮。

清晨，他在静坐
瞪着眼睛，四肢颤抖；
阳光下的港湾在笑着，
但对他而言的早晨就如同黑夜；
他茫然地盯着墙壁，
他看着悲剧的结局——
他看见昔日的他
阔步昂然走在街上。

他摇摆着转过街角，
在藤框农舍的门口，
父亲笑眯眯地看着，
他的小儿子和等待着的女儿：
他来时，他们跑去迎接他——
哦，这段记忆是最糟糕的——
她柔软的手臂搂住他的脖子，
她喘息着说："我先吻爸爸！"

他看见眼睛明亮的妻子：
他看见整洁干净的小屋——
他看见自己生命的毁灭
和一切可能发生的事情！
在无望，黑色的绝望中沉沦，
那杯酒再也不能把人溺死，
在那堆满酒的桌子上
醉汉埋着的头垂了下去。

但即使是我，一个可怕的残骸，
暴风雨来临前我已漂流很久：
我知道，当一切似乎在大地上失去，
重新振作是多么地困难。
我也有罪，我们都喝尽了

苦杯里的沉渣——

将你的手给我，哦！我的兄弟，

我也可以扶你起来。

罗比¹的雕像

厌倦了因我的罪孽而哀悼——

沉思功德——

愁眉苦脸的一晚

我走到幽灵中间；

我遇见了一个我了解的人：

"啊，斯科蒂²的幽灵！是你吗？

在罗比·彭斯的雕像前

你见过可怕的人群吗？

"他们坐着双轮马车匆匆而来，

戴着高帽，穿着长礼服；

来自各镇的他们驯养了它，

怪异和嘶哑的声音；

他们说着古怪的语言，

他们爱听滑稽的笑话，

每个人疯狂地想着

1　罗比：指苏格兰农民诗人罗伯特·彭斯，《友谊地久天长》《一朵红红的玫瑰》等是他的代表诗作。

2　斯科蒂：在彭斯的诗中，暗指"苏格兰"。

他的名字出现在报纸上。

"游离在我们面前的骗子，
没有表现出一点点聪明；
他们只知道《友谊地久天长》的一节——
第一段和它的和声。
他们敲击着苏格兰诗人的节拍，
滔滔不绝地谈论着'罗比'；
但如果他来见他们
没有了嘟哝和寒酸?

"他们因罗比而喝酒哭泣，
他们站着像驴一样叫
（活着的诗人是一个喝醉的浪子——
逝去的诗人却爱着姑娘们）；
如果罗比·彭斯在这里，
他们会像老鼠般静静地坐着；
如果罗比·彭斯来了，
他们会将他赶出去。

"啊，为美丽的苏格兰吟游诗人哭泣吧！
赞美苏格兰民族，
是谁让他成了密探

让他在贫困中心碎而死：
刽子手，让他活下去
透过北方冬天的严酷——
如同在南方的土地上
诗人穷困潦倒。

"我们需要辛辣有趣的诗歌
唤醒各州并照亮它们；
我期望有像罗比·彭斯般的人
今天在这里去再现它们！
但嘲弄仍将继续
直到审判之日降临——
我们活着时轻蔑的人
带着赞美来侮辱我们的骨灰。"

斯科蒂的幽灵说："别介意
残留在你身上的跳蚤；
活着的诗人会赶走它们——
它们不会伤害他的灵魂。
环绕诗人名字的马屁精
各个时代都有；
他的作品是有生命的，而它们
只是书页上的飞尘。"

特洛皮[1]和金合欢树

虽然贫穷困苦，我独自流浪
帽子上镶有叛逆的帽檐；
虽然朋友可能抛弃我，亲人与我隔绝，
但我的祖国绝不会这样做！
你可以歌唱三叶草、蓟和玫瑰，
或三者合而为一束，如果你愿意；
但我知道一个国家聚集了所有那些，
我爱特洛皮生长的这片伟大的土地，
和山上盛开的金合欢。

澳大利亚！澳大利亚！如此的美丽——
头上的苍穹是蔚蓝的天空；
陌生人不须别人告知
金合欢花代表着女孩金子般的心，
特洛皮象征着爱的鲜血。

---

1 特洛皮：澳大利亚的一种落叶灌木。

澳大利亚！澳大利亚！多么美丽的名字，

善良而又富饶的土地；

只要能让她免于耻辱，我愿不惜一切，

即使海面上乌云密布；

无论争吵，无论她的敌人是谁，

让他们来吧！如果他们愿意就来吧！

虽然斗争是残酷的，但澳大利亚知道，

当特洛皮生长，金合欢在山上盛开时，

她的孩子们将为之战斗。

写给吉姆

再次凝视我的孩子，
带着疲倦的眼睛和心，
他肃穆地站在
围着屏风的炉火前；
双手扣着放在身后，
时而松时而紧——
如同他父辈们
世世代代站立的样子。

一个白净、瘦小而又孩子气的人，
有着一双若有所思的棕色大眼睛——
上天，拯救他吧！因为在他面前
生活充满了暴风雨和压力：
一个流浪汉和一个流浪的吉卜赛人，
我已了解这个世界并知道，
我也是这样的一个孩子——
啊，许多年前！

但在他堆满梦想的眼睛里

没有丝毫的怀疑——

我期望你能告诉我，吉姆，

你梦到了什么。

继续做梦吧，我的孩子，一切都是真的

而他们并不像梦中那样——

当你从梦中醒来

那将是痛苦的一天。

你是田野和洪水的孩子，

因带有吉卜赛人的品质

你的血管里流淌着

强壮的挪威水手的血液。

保持诚信，诽谤就不会伤到你；

保持正直，人们就不会把你怎么样——

你将有力量抓住

拖垮你父亲的东西。

带着苦涩的泪、失落的心和手

我写下这些诗句，

多年后你会读到，

你也会明白；

你会听到人们的诽谤，

他们会私下羞辱我；

但总有一天你会自豪

你继承了父亲的血脉。

但你要有痛苦的意识

当你受了委屈，我的孩子——

我期望在人们心中

拥有我过去的信心！

这样会好很多（因为我已感受到

我诗歌中的忧伤）

即使委屈也信任人们

胜过不信任人们，自己还受委屈。

宽宏大量并行善

当你活着时去驱逐

忘恩负义的幽灵

它缠绕着给与者。

但如危机最终来临

你的未来可能会被破坏，

努力前行，我的孩子，带着你的力量！

为你的目标，努力前行！

破　晓

你说你爱我，我也认为你爱我，
但我知道很多人不爱我，
当我很清楚我不会时，
我怎么能说我会对你忠诚？
我已远行，我的目标也遥远，
我爱你，但我不能踌躇，
就像晨星升起一样确定，
我将在黎明启程。

我注定要破坏或玷污这个家
无论我在哪里，
但我会把你当成那颗晨星
他们会叫我黎明。

他们完全可以称我为黑夜的坠落，
因为我留下的足迹是凄凉的；
但我爱漂亮的姑娘，我爱光明，
因为我和我的部落过去是黑暗的。

亲爱的，你可以爱我整日整夜，

你可以抛弃你的生命；

但就像晨星闪耀一样

我将在破晓时驰骋。

从没有一个爱人如此骄傲和善良，

从没有一个朋友如此真诚；

但我留下的生命之歌

已烙在像你这样的女孩的心里。

从未有过如此深刻和残酷的错误

在遥远的土地上，

从没有一颗破碎的心

在黎明时疾驰。

上天赐福你，亲爱的，和你那红金色的头发

还有你怜悯的灰暗的眼睛——

啊，我的心不允许如此美丽的星星

被黎明破坏。

活下去，我的姑娘，做一个真正的好姑娘

做一个男子汉的好新娘，

就像傍晚的星星在召唤

我将在夜幕降临时骑行。

我生来就是为了毁灭或玷污
我所照亮的家园。
啊，我期望你是晚星
我是夜幕。

致汉娜

我的精神伴侣
又来到让我痛苦的场景，
从我以为是天堂的地狱
你将我再次举起；
透过我继承的世界，
在她死前我爱过她的地方，
逝去女孩的灵魂
与我同行。

带着我仅有的旧物
我们走了一会儿，
他们说我孤独，
他们可怜我，但我报以微笑：
因为光明赢得了我
它带来了平静，
而我身上的平静
不是来自尘世的东西。

我的精神伴侣，我有善良的一面，
但你知道我的肉体是脆弱的，
没有纯洁的灵魂来赢得我
我可能错过我所寻找的道路；
当你和我一起踏过大地
用你给我的爱引领我吧，
直到我前面的光明越发清晰
而我的灵魂也会越发自由。

纪念斯科蒂 [1]

我们将自己扔在尘土飞扬的平原上
当太阳在西边落下，
我们又站起来在铁轨上蹒跚而行，
因为我们累了——累得难以休息。
阴影愈发深沉浓重
爬行在每根疼痛的眉毛上——
累垮的斯科蒂！你解决了所有问题，
现在给了我们一个奋进的机会。

但没有人会死得如此孤寂
就像永不安息的流浪者；
他自由地思考如同他自由地呼吸——
他的双手抱在胸前。
你该休息了——你这个勇敢的老流浪汉——
我希望我们最终都将休息。
啊，我！去露营的路可真长啊
从他们叫你"菲尔"的日子起。

---

1 斯科蒂：又名"累垮的斯科蒂"，指《悉尼公报》的撰稿人。

他们对你精灵般的灵魂做了什么

现在他们早已忘却了你?

但当我们奋进时,我们不得不认为,

你是对的,老头子;

在风暴中和放逐战士的路上

你学会了一些真理;

你消失在阴霾之前

你给流浪汉的生活留下了一些光明。

遥远的前方,一个接一个,

在令人窒息的干旱阴霾中——

心是忠诚的而希望是渺茫的——

我们的伴侣的身影也逐渐消失。

它是一个遥远的目标,也是令人疲惫的负担,

但我们跟着累垮者回家,

跌撞着走上那条短而直的路,

那条来自摸索中的路。

我们留下自己的烙印和扮演的角色

在祖国孕育的日子里,

我们会在丛林人的心中找到一席之地

在我们消失在阴霾之前。

贝　莎

睁大眼睛严肃地问我，
小手轻拍着我的头——
过去只有两个人抚摸过我的头，
而他们都已去世了。
　"啊，我的爸爸。"她说，
带着令人惊奇的同情——
啊，宝贝，你不知道
你是怎样伤透了我的心！

任凭亲朋好友尽其所能，
任凭世界怎么说，
你稚嫩的臂膀搂着我的脖子——
我仍然是你的父亲！
你吻我，我也吻你，
清新的吻，坦率而自由——
啊，宝贝，你不知道
你是怎样伤透了我的心！

我梦想着，当我还是孩子的时候

雪花落在我的头上，

一个少女天使

在我的椅边飞来飞去

在我老了后安慰我；

但那永远不会发生——

啊，宝贝，你不知道

你是怎样伤透了我的心！

但我活着时有人会爱我

安抚我烦恼的心，

当我死后

再不会听到不友善的话。

听到我的名字，她的眼睛会亮起来，

不管它有多么不优雅——

啊，宝贝，你不知道

你是如何宽慰了我的心！

永无之地

在家园、茅屋和剪羊毛棚边，
在铁路、马车和铁轨旁——
沿着静谧而庄重的孤独的坟墓边，
在广阔而无垠的内陆上：
在繁星密布的地方，
梦幻般的平原延伸着——
我的家在一千英里外
永无之地。

它在牧场之外，
有灌木丛和宽阔的荒原，
干旱时是炽热的沙漠，
雨后是湖泊；
飘舞的草扫过天际线，
或绕着炙热的沙旋转——
梦幻的土地，神秘的国度！
永无之地。

孤独而荒凉的山，

可怕而绝望的山——

它消失在无雨的天空下

在无望的沙漠里；

它向西北渺无人烟的地方蔓延——

那里没有烟云——

蔓延到三百英里外

那里有牧牛站。

牧道上的牧人

这个陌生的海湾国家知道——

从干旱的南方来，

又大又瘦的公牛去了哪里；

夜里扎营在宽阔的平原上，

像古老的海洋之床，

守夜人在星光下骑巡

护着一千五百头牛。

在被命名和编号的日子里

剪羊毛人走着，骑着，

杰克·科恩斯托克和无所事事的人

还有灰胡子肩并肩；

在月星下他们遮住眼睛，

在沙堆中沉睡——
悲伤的记忆随岁月流逝
萦绕着永无之地。

唯恐在城市里我忘记
真正的伙伴之情，
我的水袋和拄杖
还挂在墙上；
而我，为了再次拯救我的灵魂，
将漫步到壮丽的日落
与忧伤的伙伴穿过平原
在永无之地。

在夜车上

你见过火车运行时月光下的灌木丛吗？
烧焦的原木、树桩和树苗，还有幽灵般的枯死树木；
这里有一片晶莹剔透的水面；那边是神秘天空的一瞥？
你可曾听见平静声音的呼唤——既温暖又冰冷：
　"我是让你生厌的丛林妈妈！你老了会到我这儿来吗？"

你可曾看到下面的灌木丛黑沉沉地向山脉延伸，
一切没有改变，一切没有改变，却又那么古老和陌生！
当你怀着柔和的愤怒想起那些曾经陌生的事物时？
（当你年轻而大胆时，你可曾听到丛林的呼唤：
　"我是养育你的丛林妈妈，你老了会到我这儿来吗？"）

在树林里，在隧道里，在烟囱或棚子的视线之外，
你可曾听见灰色灌木在头顶的松林上呼唤：
　"你已看过海和城；对你而言一切都是冰冷的，或死寂
　　的——
一切似乎都完成而且一切似乎都说完——
但灰色的光变成了金色！
我是爱你的丛林妈妈；现在你老了，来我这里吧！"

剪羊毛人

没有教堂的钟声把他们从轨道上唤醒，
没有讲坛去点亮他们的无知——
是苦难、干旱和无家可归
教会那些丛林人的善良：
在荒芜的土地上诞生的伙伴关系，
充满辛劳、干渴和危险——
为陌生人提供了露营的饮食，
和住处。

他们今天尽其所能——
不为明天忧虑；
他们的方式不是旧世界的方式——
他们活着就是为了借贷。
剪完羊毛而支票又出了问题，
他们称之为"下跌的时间"——
他们骑上马鞍说"再见！"
骑着马——没人知道要去哪里。

尽管他的皮肤可能是棕色或黑色，
他可能是错误或正确的人，
但他真诚地对待他的伙伴
他们称那种人是"白人"！
他们结伴而行——
新教徒和"罗马人"——
他们没有领主或"主人"，
也不让人触摸他们的帽子！

他们也许带着他们的行李，
一幅画像和一封信——
或许在他们的内心深处，
是对"更好东西"的希望。
骑行的路途孤独而漫长，
似乎所有的日子都在循环，
有许多的时间去想念伙伴
他们可能是——但没有。

他们把脸转向西方
将世界抛在身后——
（他们干裂的坟墓上植物很少
但伙伴也能找到）。
他们对世界知之甚少

难以获得财富或成就：
但在我的这本书里
我要歌唱他们的正直。

"德里城堡"号沉船

周而复始的日子！
海洋的另一回合，
海洋又赢得一分，
汹涌澎湃的浪潮唱响了他的胜利之歌，
他沿着沉闷的海岸，
高喊着胜利的口号，
为这胜利而嘶吼尖叫。

在哀号中再唱一曲悲歌
为另一艘航行的船
与幽灵船共赴海的无垠；
幽灵船，永远沉沦——
幽灵船，泵声叮咚不停，
它们干渴的舱底，饮下
永恒的誓约，深沉如命。

为惨不忍睹、湿漉漉的灵魂祈祷

尸骸漂浮在荒无人烟的地方

只随海浪游荡在悬崖峭壁间；

逝者的灵魂。

人类踪迹全无

种族的标记消失殆尽

日复一日地漂浮着。

海洋的咸舌在舔舐

溺水者的脸庞

残酷的刀刃似乎

刺穿我的心，转过身来。

天哪！那惨不忍睹、污浊不堪的、

长久不散的尸臭味！

它是否会冲向无人涉足的悬崖峭壁

只剩在海上漂移的岩石？

上帝呀！把浮尸藏起

在我面前起起落落；

上帝呀！别再幸灾乐祸，

嘲弄大海的歌声！

金色沟壑

无人居住于金色沟壑，只因黄金岁月已逝，

它的黏土再也不能弄脏矿工们的靴子，

矿工们早已消失不见，只剩下残破的竖井，

曾经荒废的灌木丛重现生机。

当垂暮的日光从"山顶"慢慢褪去，

怪异的忧郁女皇从芦苇溪中升起——

山沟上方的缝隙，凄厉的鸦雀尖叫着

高声迎接她，成为沉闷夜晚中至高无上的统治者——

登上宝座，她的出现填补陌生而虚无的空气

带着幽幽的，暗藏着恐怖的磷光。

无人预料的篝火熊熊燃烧照亮一切，

在那些模糊不清逝去的季节里，

矿工们吟唱着牧场和海浪的欢快歌谣，

吟唱着"家，甜蜜的家"而变得悲伤忧郁——

其他歌曲不会让他们潸然泪下，

每一个矿工对战友的烦恼心知肚明。

对你而言却似谜语一般，如同诗人的幻想，

但我仿佛听到小提琴在轻轻地演奏"家，甜蜜的家"。

树丛中，矿工们围着篝火冥思苦想。

（那些日子，澳大利亚人并不眷恋自己的故土。）

如今，飒飒的夜风伴着黄雀在竖井周围凄厉地尖叫；

惊心动魄的喃喃低语，支离破碎的话语，摇晃着每一根扭
　　曲纠结的枝丫，

每当夜幕降临，淅淅沥沥的小雨将夜色笼罩，

可怕而阴森的声音此起彼伏——

像不安的灵魂述说着他们的故事，无法停歇——

金色岁月的旋涡中隐藏着黑暗的故事——

犹如不安的灵魂，诉说着可怕而不幸的往事，

在凄凉的缝隙中亲吻、坠落、上升、膨胀、死亡。

当垂暮的日光从"山顶"慢慢褪去，

忧郁女皇匆匆赶往散发着恶臭的沼泽。

无论天晴或下雨，这一幕都无法让人心情愉悦，

山谷依旧沉闷着，直到夜幕再次降临。

当你站在荒草丛生的断井旁，

你几乎可以听到说话声，咚咚的镐声；

你的灵魂似乎在沉沦，在清晨的空气中滋生着泡沫，

因为你笃信那里埋藏着什么。

在树丛中，有一圈痕迹，是巡回马戏团留下的足迹，

曾逗乐了喧闹的淘金者，在新生种族崛起之前的日子里；

有一条路，如今灌木蔓延，曾繁忙无比，

每天两次，两辆竞争的马车，威风凛凛地奔跑；

如今一切皆逝——黄金谷的一切都消散，它的黄金时代已
　终了，
它的泥土再也不会弄脏，拥挤的马车车轮，永远不再。

路旁的守望

夜幕降临；
街头女孩，
听从召唤
如果你想享用，
灯火与星光。
月光极好，
光明的希望如同一束远光，
守望在路旁。

守望路旁，
守望路旁；
光明的希望如同一束远光，守望在路旁。

一个人走来：对他说——
离开吧！他是愤怒的化身；
诅咒降临在他身上，
等待下一次！
公平而光明的世界，

生活依然甜蜜——
夜晚的女孩
守望在路旁。

沉闷的守望：
月亮从视线中消失，
留下斑斑点点的气味；
光亮的黑暗，
从来不会，
让勇气消亡；
远离河流，
城里的姑娘啊！

山中良宵

时针转动开启了一个美妙的时刻，
漫漫长夜，凌晨时分，
芳草萋萋，空气稀薄，
星星近在咫尺，明亮耀眼。
月亮挂在银色的薄纱上，
从灰色的云层中，
坚硬冰冷的蓝色天空变得苍白
汇入美妙的银河。

我们的这颗星星有些异常，
一块不结实的普通木板，
这不能归咎于强大的力量
是谁指引着周围的星星。
即便人比鸟兽高贵，
尽管他自诩聪慧，
他注定与自然相差甚远，
这些烦恼扰他至深。

哦，是更大的星星的缪斯，

宇宙的缪斯女神，

那些远离我们的星球的人们

比我们强大，还是比我们孱弱？

他们是否可以免于生死，

他们拥有更强大的力量，

更辽阔的天空，更广袤的土地

还有比我们的神更伟大的神吗？

他们的谎言和真相是否亦与我们如出一辙，

难道他们是为了享乐而受到诅咒吗？

他们是否在肆无忌惮的青春中制造了自己的地狱

他们知道自己制造了什么地狱吗？

他们是否日复一日地辛勤劳作

直到结束乏味的一天？

食物只能带来短暂的力量

只好努力奋斗寻求更多。

街上的面孔

他们撒谎，告诉我们真相的人有他们自己的理由
匮乏和苦难在这里是未知而陌生的；
最近的郊区和城市的交接处
我的窗台正好对着街上来往的面孔——
他们缓慢来去，
踏着疲惫的脚步——
我为街上那些面孔的主人感到悲哀。

我不得不感到悲伤，在这片如此年轻和美丽的土地上，
却看到那些脸上有着匮乏和关怀的印记；
我徒劳地寻找新鲜、美丽和甜蜜的痕迹
在黧黑干瘪的脸庞上，街道上飘荡着——
继续漂流，继续漂流，
躁动不安的脚步声；
我为街上那些面孔的主人感到悲哀。

黎明前，天空中的星光依旧闪烁
憔悴和疲惫的面孔已悄然出现，

时间流逝，晨曦的脚步逐渐匆忙，

街上的面孔像苍白的河水一样流淌——

流进来，流进来，

踏着匆忙的脚步——

啊！我为街上那些面孔的主人感到悲哀。

八点以后，人类的河流减少，

它的波浪因害怕迟到而加速流动；

随着尘土和热浪，慢慢流逝

在城市街道上碾磨面孔的主人们——

磨炼身体，碾压灵魂，

产量稀少，食不果腹——

噢，我为街上那些面孔的主人感到悲哀。

直到太阳西沉

外来的劳作者和城里的游手好闲之徒

如同街上偶尔出现的陌生的面孔

在疲惫的节拍中讲述城市失业者的故事——

飘来飘去，飘来飘去，

踏着无精打采的脚步——

啊！我为街上那张悲伤面孔的主人感到心痛。

当时间随着迟缓的脚步慢慢流逝，

微弱的黄色煤气灯亮起，嘲笑着逝去的白昼，

如同退潮一般从我的窗前流过，

我再一次看到街上那一张张苍白的面孔——

退潮了，退潮了，

拖着疲惫的脚步，

而我的心却在为街上的面孔无声哀痛。

一切都变得模糊不清，一天悲伤的篇章就此告终，

当凌晨走向午夜，

带着嘲弄的微笑，说着略微恳求的话语，

黛利拉在街角为风俗辩护——

沉下去，沉下去，

被暴风雨击打的残骸——

那个街头女人，她干着吃力不讨好的可怕的行当。

但是，啊！我们美丽的年轻的城市要面对比这更可怕的事情，

因为在它的中心地带，肮脏的巢穴和贫民窟正日益增多，

人将在猪圈里腐烂，

幽灵般的面孔不宜出现在任何街道上——

腐烂了，腐烂了，

因为缺少空气和肉——

大街小巷都是罪恶和恐怖的巢穴。

我不知道富人是否依旧冷漠

他们所有的窗户都对着穷人的脸吗？

啊！财富的奴隶们，你们的膝盖将被磕碰，你们的心将恐

惧地跳动，

当上帝要求为街头的悲哀找一个理由，

错事和坏事

我们遇到的悲哀

在肮脏的小巷里，在残酷无情的大街上。

我离开了那个可怕的角落，那里的脚步从未停歇，

又寻了一扇窗，俯瞰峡谷和山丘；

当夜幕降临时，雨雪交加，天气阴沉，

那些街上面孔的影子，让我魂牵梦绕，

飘过，飘过，

随着无声的脚步飞驰而过，

她的脸颊比街上的人更加苍白。

有一次，我喊道："万能的上帝啊！如果你的威力依然永存，

现在，让我看看治愈这世间错误的方法。"

啊！我看到了城市的街道，商店大门紧闭，

在警戒距离内听到了许多脚步声，

近了，近了，

随着沉闷的鼓点，

很快，我看到了在街上行进的军队。

然后，就像暴涨的河水冲垮了堤岸和墙壁，
人类的洪水带着红色的旗倾泻而下，
一双双炯炯有神的眼睛闪烁着革命的光芒，
闪烁的剑光映照着街道上僵硬的面孔——
倾泻，倾泻，
随着鼓声响起的阴沉节拍，
还有战歌和街上人们的欢呼声。

世界滚滚向前，一切势在必行，
警告的笔徒劳无功，警告的声音变得嘶哑，
直到一座城市感受到红色革命的脚步
悲伤的人们是否会短暂地怀念街头的恐怖——
那可怕的永恒的纷争
为了勉强遮体的衣物和果腹的食物
在城市残酷的街道上——那里的人被压抑得生不如死。

安迪和牛一起离去

我们的安迪已经上了战场
战胜干旱，红色掠夺者；
我们的安迪现在已经带着牛
穿过了昆士兰边境。

他留下垂头丧气的我们；
我们的心随着他飘荡。
现在这个选择很沉闷，
自从安迪离开后。

在最萧条的时候，
谁该露出欢颜？
当命运皱起最严厉的眉头，
谁会在这里吹响口哨？

哦，现在谁能侮辱这个占据寮房的人，
当他咆哮着来到我们周围？

他的舌头越来越热
自从安迪渡过达令河。

现在大门已坏，
在暴风雨中，板条嘎嘎作响；
现在我们的安迪
已经和牛一起越过了边境。

可怜的阿姨瘦弱苍白；
叔叔忧心忡忡；
可怜的老布卢切彻夜号叫
自从安迪离开了麦夸里。

但愿雨水滂沱而下，
所有的湖泊都被淹没；
愿青草在牧牛人的路上
茁壮成长。

愿善良的天使降下甘霖
在沙漠上延伸；
当夏天再次来临
愿上帝保佑我们的安迪。

安迪的回归

锈迹斑斑的盘子，
烧焦发黑的棍棒，
破烂不堪，布满灰尘的衣衫，
几乎裸露在外的后背；
晒得龟裂的马鞍皮，
打结的绿皮缰绳，
被风霜刮成棕色的脸，
我们的安迪又回家了！

他蓬乱的头发已经褪色，
由于在潮湿的地方睡觉
他看起来又老又颓废；
但他依旧健壮。
双眼深陷眼窝——
但快乐如昔；
口袋里装着大额支票，
我们的安迪又回家了！

老伯伯活泼开朗；

他面带微笑；

阿姨从不流泪

现在安迪就在附近。

老布卢切高兴得叫起来；

当安迪再次到来时，

他弄断了生锈的铁链，

在欢乐中疯狂跳跃。

洪水和饥荒的故事，

发生在遥远的北方铁轨上；

与黑人交换

巴勒加门的纱线；

天空慵懒地悬挂在

北方平原上。

来自昏暗朦胧的地区，

我们的安迪又回家了！

他的艰辛跋涉即将结束；

他很快就能享受收获。

不久他就会成为一个牧羊人，

穿越荒凉的平原。

我们将永享幸福。

当他不再流浪，
在某条幽深清凉的河流边
我们终将拥有一个家。

蓝　山

笔直而高大地矗立于灰烬之上，
穿过滴着水汽的蕨类植物，
我爬到砂岩墙下，
我的脚在苔藓上滑动。

如同山谷边缘的城墙
色彩斑斓的悬崖屹立不倒，
无数断壁残垣，
以及许多坚硬的平台。

他们崎岖的双脚周围
深邃的蕨类和丘陵隐藏其中
尘土和热量从阴影深处出来
被放逐，被阻挡。

潺潺溪流，自言自语，
带来一个不知疲倦的流浪汉，
平静地流向岩层，

随之勇敢地跳了过去。

时而倾泻而下，时而迷失在水雾中
当山风呼啸，
水流在途中冲击着岩石，
随之跃入山谷。

西边的颜色发生了变化，
蓝色与深红色交融；
遥远的分水岭背后
太阳正飞快地落下。

和煦的日光笼罩着这里，
软化粗糙的边缘；
初升的月亮露出平静的脸庞
严肃地望着峭壁。

尤里卡（节选）

尤里卡的英雄们，在远方壮观的"古老的急流"中滚滚向前，

莱勒已去大营地和你会合；

卷起裤腿，向他致以矿工们独有的欢迎，

他为矿工和人类的权利而战。

在我们视线之外的那片明亮的金色土地上，

他诚实地记录生活就是他作为矿工的权利。

许多人抽搐着，许多人流着眼泪，

许多白发苍苍的老矿工唉声叹气，当他们得知莱勒去世的

　消息。

老矿工们，请擦干泪水，去荒芜的田野游荡，

你不必因一个矿工的离去而哭泣。

如今，那些奇异而狂野的时光已经过去，那些充满斗争与

　辉煌的日子也已远去，

如今，从喧嚣的50年代中，浮现出莱勒生命中的一个场景：

在峡谷、山丘和平地上的竖井中闪耀着白色的光芒

我再次看到巴拉瑞特营地的帐篷。

我听到铲子和镐的声音，

空气中弥漫着摇篮声和矿工们生活的声音；

辘轳的咔嗒声，如同旋转的齿轮，

向他的同伴发出信号，矿工喊道："朝下！"

在许多繁忙的锻造点，劳作的声音此起彼伏，

铁砧上的叮当声如银铃般清脆。

不少人的嘴里都说着蹩脚的英语

他们来自世界的每一个洲和国家；

苏格兰的乡音和爱尔兰的粗犷声混合在一起

从贝维克到兰兹角的英格兰方言；

西部的人也为这里繁忙的人流贡献一份力量，

哈特笔下不朽的沟壑之地；

在这片土地上，采矿营地的蓝色烟雾依旧袅袅升起；

这片土地诞生了"合伙人"和"来利斯"；

所有来自新世界和旧世界国家的人，奋力掘金；

但突然间，四面八方传来了警告声

田野周围，一群骑兵正在逼近；

没有证件的矿工如同猎物，他们的阶级和需求就是他们的
　　过错，

伴随着各种可耻的场面，开始了对矿工的追捕行动；

因为太穷而交不起重税的人被扣押，

他们像囚犯一样被锁链锁住，成群结队地被拖走；

在同伴们眼中，威胁几乎无所遁形——

矿工的血液沸腾不已，但一旦沸腾就会灼烧一切。

现在开始的另一场博弈必定导致冲突，

一名矿工在营地被杀！凶手在逃！

快来啊，快来啊，孕妇的啼哭声唤醒了傍晚的空气，

愤怒的面孔像波浪一样在讲演者周围涌动。

他们说："我们犯了什么罪，要成为被取缔的阶级？"

"难道我们要眼睁睁地看着同伴们被抓起来，像拖行李一

样被拖走吗？

难道要被继续侮辱？我们就这样袖手旁观吗？"

在一片怒吼声中，矿工们回答道——"不！"

白昼已慢慢褪去，但黑夜的气息

无法冷却血液，无法抚平愤怒的眉宇。

看！本特利旅店的屋顶上，火焰正高高蹿起；

在烟雾缭绕的天空中，他们用红色字体写下"复仇！"

现在，被压迫者将不再屈服于凌辱；

召集军队！宣读戒严令！——矿工们的血性上来了！

"拿起武器！拿起武器！"喊声响彻云霄；"如果你是男人，

就拿起武器；

因为每一根矛杆上都会有一颗暴君的心！"

莱勒成为领袖，大家的士气也不甘落后，

粗野的矿工们跪在旗帜下，

他们站起来发誓，粗犷的心高高跳动，

与领袖并肩作战，要么胜利，要么死亡！

尤里卡栅栏周围的夜幕渐垂，

三百人倒在了他们的武器边，三十人战斗到最后一刻。

美丽的墨尔本小镇周围钟声悠扬，

市民们在这个决定命运的安息日早晨祈祷；

但在一百英里之外，尤里卡的山上，

矿工们面色惨白，静静地躺在血迹斑斑的黏土上。

钟声是矿工们的丧钟

为了那些为完成使命而英勇牺牲的士兵。

那些"某人的宠儿"躺在那里，浑身冰冷，脸色苍白。

周围的茅屋和帐篷成了冒烟的废墟，

矿工们英勇的旗帜倒下了，被践踏在地上。

看到被杀害的英雄，他们的心被激荡，

一千多人在克雷斯维克路上布防。

最疯狂的谣言弥漫在空气中，

据说巴拉瑞特的人会向小镇进军。

但这些矿工们没有白白牺牲。他们的战友欢欣鼓舞，

因为人民的声音已经压倒了暴政的声音；

它说："改革你的腐朽法律，矿工们矫枉过正，

否则就和我们现在的兄弟们共同战斗。"

在我的视野中快速闪现的是随后出现的场景——
矿工们的抗争历经磨难，最终取得了胜利。
正是这些人见证了我们国家的诞生，
而像莱勒这样的人，正是引领他们前行的人；
这样的人和领袖都后继有人，
在未来某个黑暗的日子里，在澳大利亚人的汇聚中。

放牧人的歌谣

穿越遍布岩石的山脊，
穿过连绵起伏的平原，
年轻的放牧人哈里·戴尔，
又骑马回家了。
他的骏马也是如此，
如他一般心情愉悦，
他那匹健壮的老驮马
正围着他小跑。

昆士兰的牛群
他的足迹遍布世界各地；
已过数月的时光
自上次家乡人见到他。
他哼着不知名的歌谣
想要尽快结婚；
蹄铁和野营用具
继续跟着旋律叮当作响。

朦胧的穹顶之外
在低空的映衬下
蓝色的山脉边际
家园就在那里。
流浪汉朝着那个方向
在慵懒的午后慢跑，
而蹄铁和野营用具
一直叮当作响。

过了一会儿
整个天空乌云密布；
时而闪电噼啪作响
围绕着放牧人的小路；
但哈里依旧前行，
他尝试借用马匹的力量，
希望能到达河边
在洪水泛滥之前。

雷声从他头顶传来
在平原上翻腾作响；
在干渴的牧场上
大雨倾盆而下。
每条小溪和沟壑

喷涌出它的小洪水，
直到河水奔流成岸，
全都沾满了黄泥。

现在，哈里和流浪汉聊天，
平原上最好的狗，
还有他的健马，
抚摸它们蓬松的鬃毛：
　"我们曾遭遇过更大的河流
洪水最凶猛的时候，
水沟也不能阻挡
今晚我们要回家！"

雷声发出警告，
可怕的光芒闪烁，
当放牧人调转马头
游过致命的溪流。
但洪水愈演愈烈
变得愈加汹涌；
鞍马正在倒下，
只走了一半的路程！

当闪电闪过时，

灰色的洪水里一片空白，
牧牛犬和驮马
在岸边挣扎。
在孤独的家园里
女孩终将徒劳地等待着——
他永远过不了牧场
再次看管这些牲畜。

忠诚的牧羊犬
气喘吁吁地坐在岸边，
然后游过水流
朝向他的主人沉没的地方。
他兜兜转转
拼尽全力去找寻，
直到被大水冲走，
最终忠犬也沉没。

穿过被洪水淹没的低地
泥泞的黄土斜坡
驮马奋力向前，
无声地回到家。
满身泥污，湿漉漉且疲惫不堪，
他在黑暗中穿行，

蹄铁和锡器的声音
听起来令人毛骨悚然。

洪水汇入大海，
小溪又恢复了清澈，
如同青翠的地毯
横亘在平原上。
沙漠上逐渐褪色
在河边的芦苇丛中
最勇敢者的遗骨
孕育了广阔的澳大利亚。

伐木工

他在峡谷工作，那里遍布着特洛皮，
高大的桉树和白蜡树挺立着，
峭壁下回荡着他砍伐的声音
当斧头从木槌中脱离时。

他来自一个勇敢的古老移民种族。
他不为雨水和干旱所动摇。
他的筋骨比铁丝还坚韧，他的脸颊
被南方的阳光晒得黝黑。

如今，这棵古树终将被砍倒，
他正在砍伐这棵树；
他用斧头有力而稳健地一击
数着它的最后时刻。

树根发出巨大的裂响，坚固的木头被劈开；
伐木工退后一步，转过身
眼睛注视着树枝，它们缓慢地移动

倒向蕨类植物的坟墓。

他轻易地剥去树皮
将其铺开在草丛上。
用尺子量出树干的长度
与他需要的栏杆或栅栏一样。

他横锯的锯齿安排得如此准确
它从容地随肘部摆动着；
锯子的声音——我仍然能听到——
带着树木间风声的音乐。

锤头的有力一击，然后是一声撕裂
原木从树根处断开；
在纯净的山间空气中弥漫着，
砍伐木头的新鲜香气。

他是一个喜欢舒适、乐于结交朋友的人：
当一天的工作结束时，
你会在伐木工的小屋里找到
一堆火，一段故事和一壶茶。

他的习惯在镇上广为人知，

他对未来充满了期望，

他的支票能让店主们立刻兑现，

他是账簿上最有信用的那个人。

幽 灵

穿梭于街道上的城市人流。
一个幽灵走过来，沉默地在我身边徘徊——
此刻，我的心坚硬而苦涩，而这是一个苦涩的灵魂，
所以我对他的幽灵伴侣并不感到厌恶。
幽灵说："对于更崇高的感情，你有权嘲笑，
我的朋友，'自由和财富'一直是这个世界的座右铭。"

他说："如果你想快乐，就必须剪掉你幻想的翅膀。
将你的良知延伸到世俗事物的边缘；
永远不要替别人战斗，因为朋友永远不会知道
他何时会欣然飞向敌人的怀抱寻求救援。
对真理和友谊的力量，你有权嘲笑——
我的朋友，请记住，'自由和财富'是这个世界的座右铭。

"在社会强大的地方，总是要服从她的规则；
永远不要向学校老师发送无法确定的事实；
只有在人们支持你的时候，你才能与错误或谬误做斗争，
在慈善报答你之前，捂紧钱包，让她离开；

对于那些不择手段的傻瓜，你有权嘲笑，
我的朋友，请记住，'自由和财富'是这个世界的座右铭。

"不要攻击摇摇欲坠的名声之梯，
免得上面的敌人的脚跟踩掉你的手指；
或者是那些游手好闲的傻瓜，嫉妒你的美名，
他们无视你所遭受的痛苦，竭尽所能地动摇你。
面对人们的赞美或责难，你有权嘲笑。
我的朋友，请记住，'自由和财富'是这个世界的座右铭。

"灵感的源泉干涸了，
滚烫的愤慨之泪灼痛了高频跳动的心；
冰冷的海水浇灭了吟游诗人心中的火焰；
批评家的戏谑刺痛着他的心。
面对缪斯女神赐予的美名，你有权嘲笑，
我的朋友，请记住，'自由和财富'是这个世界的座右铭。

"避开轻佻的爱情，那里轻浮而嘲笑的旋律沉重，
强大而有用的生命毁于一旦，破碎的心灵散落一地。
你所拥有的真诚之爱，一文不值；
称之为欲望，让它为你服务！除了金钱，别无所求。
对于更纯粹的幸福，你有权嘲笑——
我的朋友，'自由和财富'是这个世界的座右铭。"

然后他停了下来，专注地看着我的脸，靠近了一些；
但一股突如其来的强烈反感使我全身战栗；
然后，我从他的表情中看到了他的残忍，
然后，我感觉到他的呼吸有毒，我的灵魂在颤抖，
然后，我从他冷笑着翘起的嘴唇猜出了他邪恶的目的，
以我对这个世界的了解，我知道他在诽谤人类。

但随后，一个更纯净、更明亮的存在占据我的视线——
"别理他！这个奇妙的世界里充满了真理和友谊，"她喊道，
"还有那些在追求名誉的过程中坚守美德的人。
只有那些在高处徘徊或犹豫不决的人才会被摧毁。
面对愤世嫉俗者的谆谆教诲，你有权嘲笑！
'友爱与荣誉！'才是这个世界的座右铭。"

旧石烟囱

山峰上冉冉升起的明月
她的银光与落日余晖交相辉映。
当一天即将结束时，一个流浪汉来到
一条他似乎熟悉的小路。
但所有的栅栏都已不见，或将不复存在——
毁灭之手无处不在；
小溪肆无忌惮地流淌着，
因为旧的泥坝已经消失不见。

这里，时间的变化最为迅速。
畜牧业向西发展；
崎岖山脉中的牛群足迹
早已被灌木丛覆盖。
它一定需要漫长的岁月来柔化
它曾经坚硬如岩石；
他曾走过无数次的山路
如今被一层绿色的地毯掩盖。

他有时觉得从山间小路上
能听到牛铃的声音，
牧人驰骋的马蹄声，
他熟悉的马鞭声；
但这些只是他记忆中的声音，
它们已从平地和山丘消失。
因为当他倾听时，这个地方极其孤独
山脉一片沉默，丛林四下寂静。

流浪汉在山谷口停下来，犹豫片刻。
因为他害怕走下山谷，
记忆中的景象从未改变——
眼前的景象却天翻地覆。
但希望是强大的，他的心愈发勇敢
他在悲伤中抬起了头，
他把背囊挪到另一侧肩膀，
然后迈着更坚定的步伐继续前行。

啊，希望总是最敏锐的聆听者，
当恐惧袭来，就会胡思乱想；
流浪汉想着，随着农场越来越近
他听到了曾经听过的声音。
他疲惫的心刹那间绷了起来，

片刻之间，他忘却了恐惧；
因为在他的记忆中仍清晰地响起
一条死去已久的狗的吠声。

再走几步，他的脸色变得苍白，
在黄昏灰色中白得如同死亡；
全部荒废，大部分毁于一旦，
眼前是旧农场。
就像惊愕的幽灵，停下来倾听，
牲畜栏的几根白色柱子矗立着；
月光闪烁，似乎在移动
在泛白的木头上，他的脸色再次苍白。

他从长期被放逐的生活中走来
去往他乡，失去和平，
发现农场和家园都已消失。
只剩下那个古老的石烟囱。
他父亲开垦的田园
现在已经长满了树苗；
雨过天晴，旱情加剧
耕过的犁沟变得坚硬。

这就是他渴望已久的避风港

在那里，他可以摆脱悲惨的生活；

他看到壁炉上刻着一个名字——

这是他之前的名字。

"于是我心中的懊悔逐渐加重——"

他说，"我受的苦还不够多；

这个名字蕴含着深深的自责——

过去不会埋葬名誉扫地的死者！"

啊，现在他知道多年已逝，

感受到漫长的一年过得多么迅速；

坚硬的木柱和梁椽

早已腐烂在杂草丛中。

他发现时间一直在播种，

家园小径上粗糙的野生灌木丛，

烟囱旁的小树在生长，

宽大的石炉上长满了山蕨。

他疯狂地想着那些邪恶的行径，

这让他父亲的名声蒙羞；

抢劫押运队，偷盗马匹，

以及那个带来永恒耻辱的重罪。

"啊，上帝！难道就没有宽恕吗？"

他用紧张而嘶哑的声音喊道；

他跌倒在曾经是花园的杂草上，
在巨大的悔恨中放声痛哭。

但悲伤必须结束，他的心不再疼痛
当怜悯的睡意悄然席卷，
在醒来时失去的家园和朋友，
当流浪汉睡觉时，他们都回来了。
当他在空无一人的明天醒来，
心中的痛苦已经麻木；
他勇敢地承受着悲伤的重担
再次徘徊在这个世界。

山间的雨

山谷中云雾缭绕，
它的色彩之美被淹没，
桉树喧嚣不止，
山峰皱起了眉头。

薄雾弥漫如同帷幕
挂在花岗岩岩壁上，
许多小瀑布
从山谷边缘开始涌流。

天空一片铅灰，
北风肆虐。
白昼匆匆逝去，
夜幕早早降临。

但是，亲爱的，雨很快会停。
远远早于我的悲伤，
在金色的午后
明天太阳可能会落山。

牧牛犬之死

归途中的平原一片荒芜，
人和牲畜的跋涉都很沉重；
干旱之灵笼罩大地，
白色的热浪在闪耀的沙滩上飞舞。

我们最好的牧牛犬最终落后，
还未走过平原，它就体力不支。
当它悄悄爬行，把疲惫的躯体搁在阴影下
我们的心情变得悲伤。

在过去的岁月里，它救过我们的命，
当时无人料到危险逼近。
黑暗中奸诈的土著匍匐前进
潜伏在沉睡的牧人营地上。

一个放牧人说："这只狗死期将至。"
它跪在地上，抬起毛茸茸的脑袋，
"还有漫长的一段路才能回到牧场，

它快死了，我们要把它留在这里吗？"

但监工喊道："这里有答案！"
当他撩起狗的一撮灰毛时；
奇怪而生动，每个人看着
蓬乱毛皮上的那条旧痕。

我们把毯子和外套
横放在最轻便的马背上，
把狗高高举起作为它的临终之地，
把它带到炽热的天空下。

在粗犷的牧人慈爱的抚摸下
它的眼睛里充满了感激之情；
尽管我们在酷热中干渴难耐，
我们把最后一个水袋给了它。

我们知道监工的女儿会责骂
如果我们把狗丢在沙漠里；
于是我们把它带出了灼热的沙地
只为它白皙小手的告别之触。

但在回到牧场前，

它的痛苦已经结束，因为牧牛犬已死；
所有人从我们黯然神伤的表情中得知
我们带回家的是一个伙伴的尸体。

布莱滕的嫂子

（又名"搬运工的故事"）

在老路的交叉口
河流拐弯转向右边，
我和马队扎营休息
马儿全都已安歇。
我去镇上运货
运往卡其冈的货物；
我带着小家伙哈里，
这是我许诺已久的旅行。

我有七个孩子，
其中一个三岁时夭折：
他们都与母亲相像，
而哈里像我一样。
在很小的时候，
他就梦想
和父亲一起上路，
帮他驾驶马车。

他在学校里聪明伶俐，
是年轻人中的佼佼者；
老师说从未见过
一个如此有前途的少年。
我几乎忘记了生活的挑战
和漫长而艰辛的道路。
因为孩子叽叽喳喳的声音
让我感到欢喜。

当他骑得累了
我会把他抱下来散步，
我沉默不语时，他会说：
"现在，爸爸给我讲个故事。"
我们经常坐在篝火旁，
灌木丛围绕着我们肆意生长。
我絮絮叨叨几个小时，
忘记了哈里只是个孩子。

但今天他异常安静
躺在甘草袋上；
尽管他矢口否认，
我知道那个孩子不舒服。

他说，他只是有点困倦，
用古怪的老方法；
我把他包裹得又暖又舒适，
安置在拖车下的吊床里。

我给他弄了些煎鸡蛋和烤面包
但他却一口没吃；
这让我心如刀绞，
因为他以前胃口极好。
我来回徘徊着，
以为我的心脏会停止跳动；
茶壶里的茶凉了，
因为我一口也喝不下去。

我见过类似的病；
我的情绪开始低落，
因为他一开始咳嗽
我就知道他得了哮吼。
到河边有十五英里，
到加尔贡有二十五英里；
我想是否有机会，
把他活着带回家。

如果这个孩子被带走，

一想到此我就心惊肉跳；

我把额头靠在

拖车轮胎上。

我突然开始哭泣，

像女人一样啜泣；

因为我觉得那个孩子即将死去，

而我不知所措。

我束手无措，孤独；

但我认为那是懦夫的呐喊

当麻烦或死亡临近

呼唤救世主。

但过了一会儿，我抬起头

目光投向蔚蓝的天空

天空中飘浮着一些东西

像一只巨大的白色凤头鹦鹉。

它越来越近，

最终来到一棵树的树枝上；

它的形状似乎变得清晰，

对我来说，像一个女人的形状。

有那么一瞬间，它似乎在等待，

向着远处的路，
然后，她似乎在打量哈里，
在拖车下有咳嗽声。

我不愿争辩，
也许那个幻想不是真的，
或是烟雾缭绕在树枝上，
抑或是高空中的孤云。
但我说那是来自荣耀的信息；
我明白你想取笑我；
等我讲完故事，
你想笑便笑吧。

幻想消失了，
它飞向蓝天；
我站了一分钟，
试图弄懂它的意义。
当它像闪电一样闪过我的大脑；
我觉得很奇怪
几乎忘了老布莱滕
他住在山顶上。

他住在一个小牧场，

或者曾经住在那里；

它位于西面，

离公路大约五英里。

我飞快地给马套上马具，

比以往快得多；

它们一定以为我醉了，

因为我把它们推来推去。

我总是喜欢嗤之以鼻

嘲笑女人的行为；

在她们的生活中，我看到了恐惧

她们的生活中缺乏赞美；

但现在，当我以为他可能因患哮吼而窒息时

在孤寂的荒野中，

天哪，我多么渴望一个母亲

来拯救我孩子的生命！

我每分钟都在幻想

小家伙又恢复了活力；

一只女人的手出现了；

那个女人是布莱滕的妻子。

有时候，不知道什么是幸福，

就像哈里的老师说的那样：

我不知道布莱滕的妻子
那天去了镇上。

转眼间我抱起哈里
放在货物顶部的袋子上；
我鞭打着疲惫的马匹
在尘土飞扬的路上前行。
但当我到达小屋时
一切似乎都在磨灭我的希望；
因为窗户里没有一丝灯光，
两扇门也都紧闭着。

那一刻，我的心感到了刺痛：
这种感受持续了好几天；
因为我以为这里已经荒废，
布莱滕已经离开了。
但我喊了一声，门打开了。
我看到小屋里亮着灯光；
不是窗户里闪烁的灯光，
而是皎洁的月光。

一个人拿着蜡烛站在门口。
我看到老布莱滕站在那里，

手指紧握着枪柄

一只手枪紧握在他手中。

"谁敢动，"他喊道，

"我会开枪的，即使要上绞刑架！"

那一刻他从未怀疑

那是加德纳一伙的来访。

我没有轻举妄动；

因为受惊的人会迅速开枪。

但我告诉他不必惊慌，

只是一个生病的孩子。

"退后。"老布莱滕说着，

他吓得关上了门，

"也许他染上了伤寒，

今晚我不能让他在这里。"

但一个女人的声音喊道："怎么了？"

我从未见过她，

她只是来访者；

是布莱滕的嫂子。

似乎没有什么能吓倒

这位苍白的女人；

她从门边推开老布莱滕，

把小家伙抱了进去。

她在城里的医院当过护士，
后来听说被解雇。
因为她有点怜悯心，
揭露了一个行骗的庸医；
关于她的一些莫须有的故事
传遍了整个城镇；
尽管她努力抗争，
最终还是被开除。

说到战斗，我害怕
突然爆发的争吵
第一次在我耳边响起
金·布莱滕的嫂子；
尽管老布莱滕骂骂咧咧，
她把孩子抱上床；
经过一周的精心照料
她从死神手里夺回了哈里。

然后我开始渴望
为了向她诉说喜悦
我打心底里感谢她

谢谢她救了我儿子一命。
离开布莱滕家的那天早上，
在安置马匹时，
我绞尽脑汁准备
一段我认为合适的告白。

她抱起孩子，亲吻他。
把他扶上马车；
我想如果他被死神带走，
我会多么想念他。
"嫂子，"我说，"我应该——"
我努力想要说完那番话；
但突然间，眼泪
涌上了我的眼眶。

像水流般，
泪水开始流淌；
我只好对着马儿发誓
掩饰我的软弱。
但眼泪是人类的情感
它们似乎起到了一些作用；
因为她握紧我的手，
她说，她理解我。

布卡鲁山

仅存一根老旧的柱子
坚固却唯一。
那个挤奶、给牛打烙印，
宰牛的地方。
岁月带来沮丧、关怀和悲伤；
但我们知道
在布卡鲁山下
有过快乐的日子。

当第一缕晨光
映照在溪谷头，
我们在那里劈柴，
剥树皮，盖棚顶。
劳动让双手和心灵变得强健；
我们从未感到疲惫，
即使阴影延长
围绕在布卡鲁山脚。

数日在草场下，
荒野屈服于我们
我们用铲子、镐头和锄头，
辛勤劳作，开垦田地。
我们曾用古铜色的双手
直到它们变成最深的颜色，
在布卡鲁山背后的溪谷里
清理焚烧。

当我们到来时，小弟弟
匆忙丢开他破旧的玩具，
向忙碌的母亲喊道：
"爸爸和兄弟们来了！"
奇怪的是，她似乎能够
完成她将要做的工作；
她是如何围着餐桌忙碌，
在布卡鲁山下的小屋。

当牛安全地进了院子，
小牛犊也圈进围栏。
一天的烦恼都抛到了脑后，
我们围坐在小屋的火堆旁。
男孩们的笑声响彻屋顶，

火焰高过烟囱，
幸福的日子在记忆中闪现——
远离布卡鲁山。

但岁月变迁无常，
悲伤再次席卷我们；
我们在山脉中的家园
也未能逃过忧虑的侵扰。
哦他来了，悄无声息地潜行。
另一座山投下
比布卡鲁山更深的阴影
笼罩着我们的生活。

整个农场正在消失；
因为家园已经消失，
山丛扼杀了空地，
掩盖了犁沟。
灌木丛逐渐靠近，
曾经小花园的所在地；
如今老人们已安睡
在布卡鲁山脚下。

马　队

长长的白色道路尘土飞扬，
马队吱吱呀呀地前行，
负载沉重；
在绿皮鞭的驱赶下，
最终抵达遥远的目的地。

半闭着眼睛，望着茫茫尘土
脖子低垂，被轭具压着，
牲畜们如同阉牛一样拉车；
闪耀的轮胎几乎生锈，
轮辐慢慢地转动。

宽檐帽遮住了半张脸，
为了抵挡热浪。
肩扛着用生皮编织的鞭子，
车夫步履蹒跚，
如同疲惫而顺从的奴隶。

他擦了擦额头，因为天气太热，
带着怨恨吐了口痰；
他对着巴利大声呵斥，轻轻抽打着斯科特，
从斯科特的背后扬起尘土，
然后向尘土飞扬的右边吐唾沫。

他有时会停顿一下
站在拓荒者的门前，
要一杯饮料，并说"天气太热"，
或者说，"要下雷雨了"；
但话题也仅限于此。

这样的道路上，雨水总是如此猛烈，
在他孤寂的家门前，
一连好几天，
拓荒者看着马车陷入泥潭，
或犁耕湿透的泥土。

然后当路况变得糟糕，
丛林人的孩子们会听到
鞭子的残酷抽打，
阉牛拼命地拉车，
发出痛苦和恐惧的吼叫。

带着对家和休息的憧憬——
漫长的旅途结束了；
这是一种出力不讨好的生活
在强大的西部与距离做斗争，
在孤独的战斗中取得了胜利。

黄金岁月

黑夜匆匆流逝
我们日渐衰老。
让我们斟满酒杯
为黄金岁月干杯吧：
奇珍异宝被发现
让整个南方激荡，
你是我最忠诚的伙伴
经历了那些黄金岁月！

高大的船只
从每个港口出发，
寻找那片充满希望的土地
那是南方的烽火；
船帆向南飘扬
把帆布填满
为最狂野的梦想家
加快扬帆起航的速度。

他们闪亮的黄金周，

在南方的天空下，

日日夜夜，生生不息

展现在他们热切的目光中。

沉睡的灌木丛被唤醒

激起狂热的不安，

终年人流不息

涌向西方。

崎岖的丛林道路回响着

酒吧里的喧闹声，

当一队队矫健的骑兵

在客栈下马，

与来自他乡的朋友

爽朗地打招呼

并热烈地握手

流露出突然相遇的喜悦。

当欢快的篝火

在灌木丛中熠熠生辉，

露营地拥挤不堪

被一队队马车挤满；

笑声响彻整个家园，

大家哼唱着老歌，
齐声高唱着
鼓舞身心的力量。

时常在营地沉睡时，
篝火渐渐熄灭，
穿过闪耀的崎岖山脉
皇家邮政飞奔而过。
六匹奔腾的马背后，
闪烁的灯火，
皇家州的老科布公司，
冲过营地。

啊，谁来描绘金色的田野，
并真实地描绘画面？
正如我们经常看到
在清晨的阳光下，
黄色的淤泥丘陵
带着红白相间的斑点，
那些散落的石英晶体
在光线中闪烁如钻石。

蔚蓝色的山脊线，

深绿色的灌木丛，
像白棉布颜色的小屋
点缀着整个景色。
老画作中展示的：
那顶带绶带的草帽
那种装束仍在提醒我们，
很久以前的水手。

我听见远处的平原和山谷
伐木的声音，
铁砧敲击声
如铃铛般清脆，
摇篮的摇晃声，
辘轳的咔嗒声
深红色旗帜在矿洞口
飘扬起来的颤动声。

啊，他们的心更加坚定，
即使命运之神不悦
他们轻松背起行囊
迁移到其他地方。
哦，他们铁石心肠
让我们的国家得以诞生：

哦，他们是地球上
最坚定的子民的后代。

但黄金时代已经消逝，
景象不复存在；
挖掘区荒无人烟
营地已然苍翠；
标榜进步的旗帜
在西方展开。
铁轨使巨大的丛林
与世界紧密相连。

米德尔顿的牧场杂工

高高的个子，满脸雀斑，沙褐色的皮肤，
像一个乡下小伙；
这是安迪的模样，
米德尔顿的牧场杂工。

未来人民的典型，
在牛羊之乡，
在米德尔顿的牧场工作，
"一周一英镑，外加生活费"。

在米德尔顿广阔的领地上
挥舞着长鞭和剪刀；
没有任何意见，
没有任何想法。

时光飞逝，
酒精和干旱肆虐；
米德尔顿牧场破产后

他成了放牧人。

粗心大意的人民的典型，
那些很快被耗尽的人，
米德尔顿和他的牧场
被牧场杂工买下。

蓬松的胡须，沙褐色的皮肤，
高大而结实：
这就是安迪的模样，
米德尔顿的牧场杂工。

如今在他自己的领地上
与监工一起工作：
没有任何意见，
没有任何想法。

给得克萨斯杰克的话

得州杰克，你真是个搞笑的家伙。天啊，我笑翻了天

看到你的车篷和鞍具，前后都有护板；

天啊！在这样的马鞍上，你怎么会摔倒？

我可见过姑娘光背骑马，连缰绳都不需要！

天哪！我发誓！让我清醒吧！你这一身装束

在这世上我还真是头一次见到！

我多想看看一个丛林人如何用你的东西，得克萨斯杰克；

在一只残破的马鞍上，他可以骑马往返于人间与地狱之间。

我听到一位母亲尖叫着，她的孩子从马上摔下，

骑在一个眼中充满杀气，没有套鞍的马背上。

你是来教当地人如何骑马的？

教我们这些乡下人骑马！天哪——你在开什么玩笑，得克

　萨斯杰克？

教我们骑马——天哪！我的国家怎么了？

我们乡下人还没出生就能骑马了！

你可以吹嘘你在城市里的骑术多么豪放自由。

但当你遇到一匹野马，它猛地一甩，

马鞍飞上树梢，马蹄铁劈开树桩时，
你会在哪里？

不，在教土著人之前，你必须骑马时不摔跤
在一棵桉树上，或顺着几乎跟墙一样陡峭的山沟——
当洪水最凶猛的时候，你必须游过咆哮的达令河，
带着牲畜和牧场前往澳大利亚湾。

你数不清你用套索捕捉的公牛和野牛——
但一头健壮的野牛也许会教你一些新东西；
你最好立下遗嘱，把文件收拾整齐，
在你准备用套索捕捉它之前；
你和你的马变成肉泥之前，你这种笨蛋的命运，
你的马鞍变成了我们靴子里的鞋带。

你说你能应付印第安人！我们这里有你的对手——
如果你认为你的本事能与汤米·瑞安媲美。
把你的尸体带去昆士兰，那里有鳄鱼在咀嚼，
地毯蟒的尾巴很灵巧，可以用来做套索；
穿过朦胧地带，孤独的鸸鹋在哀鸣，
你会发现黑人会在你寻找他的踪迹时跟踪你；
他能不停歇地追踪你，一千英里或更远——
再来一次，他就会告诉你，前年你吐痰的地方。

但你最好当心，你会后悔来这里，

当你被长矛刺穿马鞍时——

当回旋镖在空中飞舞时，愿上天保佑你！

它飞去时会砍掉你的头，然后再过来将你剥皮。

又及，作为诗人和美国佬，我要向你问好，得克萨斯杰克，

因为我没有任何恶意，

但我不希望这片土地被美国佬和英国佬挤得水泄不通，

他们想方设法来开化我们。

所以，如果你现在想开枪，别犹豫——

（我们的政府擅长让人窒息）

尽管在你们伟大的大陆上，城镇里充满苦难，

也有不少没有王冠的有权势的贵族，

我得承认，你们的同胞伟大而自由，

重视男人的平等权利和自由：

我承认你们的父辈揍过那个血腥的暴君的脑袋，

但我们也有我们的英雄，那些已故的挖金者们——

勇敢的巴拉腊特人，他们很好地完成了任务，

打破暴君的鼻子，让他的眼睛肿胀，

曾经在喧嚣的日子里，拽着自由女神的金色发辫，

用他肮脏的拳头把她漂亮的眼睛打得乌黑；

所以骑马或是捍卫劳工权利，

我们并不需要别人来指导。

他们来教我们很久以前的板球，

汉兰从加拿大来教我们划船，

一位"医生"从旧金山赶来教我们吹牛，

来自世界各地的拳击手来教我们如何战斗；

当他们离开时，我们发现自己上了当，

他们没有留下任何东西，而是带走了我们的财富。

吧台上的酒杯

一个清晨，三个丛林人骑马到一家小酒馆，

其中一人笑着要酒；

他们刚从北方旅行回来，

老板迫不及待地迎了出来。

他心不在焉地倒了一杯三星酒，

把那杯酒放在吧台上的其他酒杯旁。

"这是给哈里的，"他说，"很奇怪，

这正是他去年喝过的杯子；

他的名字刻在杯子上，你能像看印刷品一样读出来，

他用一块旧打火石亲手刻的；

我还记得他总是喝'三星酒'——"

老板透过酒吧的门向外看去。

他看了看马匹，数了数只有三匹：

"你们总是在一起，哈里呢？"他大声问道。

他们悲伤地看着那个杯子，说道：

"你可以把它收起来了，因为我们的老伙计已经死了。"

但其中一人凝视着远处的山脊，

说："我们欠他一杯酒，就让杯子留在吧台上吧。"

他们想起平原上那座遥远的坟墓，

他们想起那位再也回不来的伙伴，

他们举起酒杯，悲伤地说道：

"为我们死去的伙伴干一杯。"

阳光洒进来，一道像星星般的光芒

仿佛在吧台上的玻璃杯深处闪耀。

在那个小屋里，至今仍能看到一个玻璃杯，

它静静地矗立在时钟旁，永远光洁如新；

常有路过的陌生人驻足念着

刻在玻璃杯上的一个丛林人的名字；

虽然架子上只有一打酒杯，

那只玻璃杯从未与其他杯子放在一起。

乔·斯沃洛之歌

在那段粗犷的乡村岁月，
我曾和吉米·诺莱特一起在牛车旁工作；
那时铁路尚未修建，丛林荒野无边，
我们从山脊的锯木场运送木材
装载着牧场所需的物资，缓慢远行，
穿过平原，越过山脉，那是很久以前的日子。

拴上牛轭，慢悠悠地跋涉，
备好马鞍，我们开始前行，
驱赶牛群，追逐奔跑，
黑人，淘金者，咆哮着，游荡着
往昔久远的日子。

有一次，我和吉米·诺莱特装满木材到城里去，
但没走上十几英里，大雨倾盆而下，
我、吉米·诺莱特、牛群和拖车
被困在某处高地，四周洪水涌来；
我们很快断粮断草，情况不妙，

蘸着蜂蜜的土豆成了我们唯一的食物。

还有一次，发生旱灾，我们失去了一半的牛群，
炎热的阳光在沙漠中闪烁，令人眼花缭乱；
当烈日炙烤下的黏土和砾石铺满溪流，
每一步行走之处，都散发着腐烂的尸臭。
但我们振作起来，因为那时的我们并不知晓
羽绒床垫在往昔的日子里有什么用处。

尽管山脊贫瘠，泥泞炎热，
牛蹄扬起的灰尘把灌木丛染成褐色，
不顾寒冷和冻疮，当灌木丛被霜雪染白，
穿越炽热的平原，道路泥泞不堪，
现代社会不断进步，他们遭受了种种打击，
在往昔的岁月里，这是一片宜居的土地。

霜月如灯，照耀山峦，
牛车夫在营地扎营，
篝火熊熊燃烧，炊烟袅袅升起，
我们合唱着歌谣，讲述着故事；
我们谈论各自的故乡，以及我们曾经认识的人，
因为在我们身后是往昔的*那些岁月*。

啊，当铁路横穿平原，那些往昔的岁月就结束了，
但在梦中，我常常再次与牛队并肩前行：
我们仍会在小酒馆停留，来一杯美酒，
每当露营地靠近，我依然感到一种愉悦；
我依旧闻到我们曾扔过的旧防水布的味道
在往昔的岁月里，那是我们避风的木料车。

我随着这片土地的变化而漂泊，
如果现在我对着牛自言自语，他们不会明白，
但当玛丽在夜里突然叫醒我时，我经常会说：
    "过来，斯波特，站起来，布莱克，过来吧。"
她说，当我睡觉时，我经常会冒出
牛车夫的语言，以及那些往昔的岁月。

酒馆马上就要关门了，我也该歇歇了；
但如果你在遥远的西部遇到诺莱特，
如果吉米用字母 w 代替 a 和 v，
如果他省略了 h 发音，你就肯定能认出他。
你记得问问他是否记得乔，
在那些往昔的岁月里，我认识他。

然后给牛套上轭具，跟着它们慢慢前行，
备好马鞍，我们就出发。

为赶牛的人干杯

黑人，淘金者，咆哮，漫游，

往昔的岁月。

樱桃树客栈

房梁敞开，阳光、月亮和星星自由进出；
蒺藜和荨麻长在高高的栏杆上。
烟囱摇摇欲坠，壁炉的炉火早已熄灭，
只有绿苔在炉石间滋长。
一切声音都已沉寂，喧嚣与嘈杂不复存在，
铁路毁了樱桃树客栈。

星光微弱闪烁，月光淡淡洒下，
只有那些栖息在梁上的负鼠声，
酒吧间一片昏暗，马厩静谧无声，
因为马车不再驶过樱桃树山丘。
再也没有骑士在黑夜中奔波，
来寻求樱桃树客栈中的休憩与安慰。

我思绪飘远，记忆开始游走，
回到那段搬运、淘金和丛林漫游的岁月
回到我最爱的时光，
当疯狂的淘金者拥向西部；

但"淘金潮"渐渐散去，变得慵懒稀少，
几乎再没有一个流浪汉经过樱桃树客栈。

老伙计，你还记得吗，
那些我们一起淘金的日子？
你还记得那一天我们跋涉了三十英里，
营地里点不着火，
疲惫不堪，浑身湿透，
在黑暗中我们步履蹒跚地到达樱桃树客栈？

那时我有了心上人，你有了妻子
对他母亲来说，约翰尼比生命更重要；
那天晚上我们郑重发誓，
不发迹绝不回家。
次日，我们踏上愚蠢与罪恶的旅途，
离开了樱桃树客栈，越过山脉。

岁月流逝，沧海桑田，
一个老流浪汉从山那边走来，
在雨水的重压下，他昏倒了，
突然想起路边的客栈。
他在黑暗中跋涉，寻求庇护
却只找到樱桃树客栈的废墟。

睡　莲

孤独的年轻妻子
在梦中看见
池塘里开满了睡莲
蕨类植物遍布四周。
还有一个漂亮的孩子
翅膀如蝴蝶一般
轻轻地走到水边，唱着：
　"妈妈！快来！
跟着我来——
踏在睡莲的叶子上！"

孤独的年轻妻子
内心狂跳不已，
喊道："等我来，
等我来到你身边，我的孩子！"
但美丽的孩子
翅膀如蝴蝶一般
踏在睡莲叶上，唱着：

"妈妈！快来！
快跟我来！
踏在睡莲的叶子上！"

妻子在梦中
踏进了溪流，
但睡莲的叶子却已下沉，
她从梦中醒来。
啊，醒来满眼悲伤，
因为它带来了眼泪，唱着歌：
"妈妈！快来！
跟我来——
踏在睡莲的叶子上！"

罗斯农场的大火

看着他的广袤的牧场
一片片地被削减
农民们向西迁移
他在竞选中被选中：
选民占据了水源
以及周围的黑土；
牧场主最好的草地
被罗斯的场地破坏。

如今，许多打算迁移老罗斯的计划
让农场主绞尽脑汁，
但桑迪血液中流淌着
苏格兰人的顽强性情；
他守住这片土地，将其围起，
清理并耕种，
年复一年，丰硕的收成
回报他的辛勤劳作。

多年来，在这两个家庭之间，
魔鬼留下了他的痕迹：
农场主鞭打罗斯的牲畜，
桑迪暴揍布莱克
下游的一口井
被填满泥土和木头，
布莱克在农场四处设下陷阱，
毒害罗斯的狗。

这的确是一场宿怨，
阶级、信仰和种族的冲突；
但是，事情却涉及
罗密欧和朱丽叶；
不止一次，
在南十字星下，
有人看到年轻的罗伯特·布莱克
与漂亮的珍妮·罗斯一同骑马。

圣诞节期间，数月干旱
西部的小溪已经干涸，
丛林大火从北部爆发，
向南蔓延了数周。
夜晚的河畔，

场面宏大而奇特——
山火看起来像是山脉中
点亮的城市街道。

树间的牛走的小道，
像是漫长昏暗的走廊，
突如其来的风，
火焰瞬间席卷数英里；
像远处的鼓声，
在树丛中噼啪作响，
在平坦的银色草地上
像愤怒的蛇，嘶嘶作响。

它跃过流淌的溪流，
奔驰过广阔的牧场；
爬上树木，点燃枝丫，
在灌木丛中咆哮。
蜜蜂在烟雾中窒息，
或丧生在蜂巢，
袋鼠与牲畜
一同飞奔逃命。

夕阳西下，圣诞前夜，

穿越广袤的丛林草地，

年轻的罗伯特·布莱克骑马归来，

如同本地人一样驰骋。

他飞奔到农舍门前，

发出第一声警报：

"火已经越过花岗岩山脉，

快接近罗斯的农场。

"父亲，立即派人出发，

这里不需要他们；

可怜的罗斯，

小麦是他全年的生计。"

"那就让它烧吧，"农场主说，

"我乐意看到它发生——

如果能彻底清理掉他，

那样更好。"

农场主说："你想去就去吧，

但不能把人带走——

出去和你珍贵的朋友们会合，

别再回来。"

"我不会回去的。"年轻的罗伯喊道。

愤怒之下，

他急转马头

向火场奔去。

漫长而疲惫的三个小时里，
被烟熏火燎，
老罗斯和罗伯特与火焰搏斗，
防止火焰靠近成熟的小麦。
情况危险，害怕造成损失，
农夫紧握着手；
罗伯特为了珍妮·罗斯的爱，
与顽强的敌人搏斗。

但火焰像蛇一般
从他们身旁滑过，
直到他们到达那个边界，
曾经是旧马车道的地方。
"现在这条路是我们唯一的希望，
我们必须坚守于此。"罗斯喊道，
"如果火焰一旦越过，
地球上没有什么能阻止它。"

一阵残酷的狂风席卷而来，
伴随着邪恶的冲击，
火焰蹿过狭窄的小路，
点燃了灌木栅栏。

"庄稼必须烧掉！"农民喊道，
"我们现在救不了它。"
他将破烂的树枝
摔在焦黑的土地上。

希望的冲击使他狂喜，
他的心开始跳动，
因为他听到了
在噼啪作响的火焰上，
传来马蹄的声响。
"终于有帮手了。"年轻的罗伯特喊道，
就在他说话的时候，
农场主带着十几个人
穿过烟雾飞驰而来。

牧民们跳下来，
露出各自粗壮的臂膀，
他们从树上扯下绿色的枝条，
为罗斯的农场而战斗；
在这支英勇的队伍面前，
被击打的火焰泄了气，
两只满是污垢的手彼此握紧——
那天是圣诞节。

选择困难

懒鬼，你终于来了，
你的腿一定僵硬了；
现在，你确定大门紧锁，
所有的滑轨都已固定，
挤奶工都在牛棚里，
小牛都在围栏里？
我们可不希望波利的小牛，
又把它的母亲吸干。

断裂的栏杆修好了吗？
修得坚固又整齐？
我猜你想要那头斑纹公牛，
整夜都在麦田里。
如果它找到苜蓿地，
它会吃得饱饱的；
它会吃到撑死为止，
就像莱恩的公牛那样。

老斑点迷路了？你会把我逼疯，
真是拿你没办法！
她可能在泥泞的沼泽里，
或者掉进了矿工的洞穴。
你不必说话，你从来不看；
如果你愿意，你会找到她，
而不是去拔负鼠的树干，
或是捕猎袋鼠。

你的靴子怎么湿成这样？
你想淹死蚂蚁吗？
为什么不脱掉靴子？
天哪，他撕破了裤子！
你父亲今晚回家；
你会挨骂的，你等着瞧。
现在去洗洗你的脏兮兮的脸，
然后来吃晚饭。

当孩子们回家

在西部的一个荒凉的牧场
一位老妇人整日辛勤劳作，
在天空晴朗的穹顶下，她低声吟唱：
"我会守护在这里，等孩子们回家。"

她修补篱笆，铲除杂草，耕种田地，
她赶着老马，给奶牛挤奶，
她自言自语地唱着，给谷堆盖茅草顶，
"我会守护在这里，等孩子们回家。"

她的丈夫已经去世五年；
他临终时叹息道：
"一个人能养育十个孩子，
可十个儿子却不能守护一个老人。"

每当脸色阴沉的流浪汉到来，
狡猾地询问主人是否在家，
"滚开，"她回答道，"别再胡说八道，

不然我叫我儿子安迪，他在田里干活。"

"走开吧。"她说着，尽管她害怕得发抖，
因为她独自一人，附近没有邻居；
每当她绝望时，她对自己说，
孩子们正在田里忙碌。

啊，她的孩子们都无须耕地，
有些已经在城里发家致富；
但她说："当我剪完羊毛，他们可能会来，
我会守护在这里，即使只是一个人。"

里迪河

沿着里迪河往下十英里
有一片水潭，
一年四季映照着
天空的变化。
在广阔的水潭中，
容纳了所有的星星；
它的沙床
覆盖了无数的岩石。

在水潭的下缘
有一片摇曳的芦苇，
鼠藏身其中
野鸭在此繁殖；
草坡缓缓升起
延伸至长长的低矮山脊，
金合欢树丛茂盛
蓝铃花盛开。

花岗岩山脊下
目光隐约可见
岩溪涌现之处
从深绿的蕨草岸边；
高耸其中的是，
羊蹄甲树吹的风
使强劲、蓝色的水流
在到达水潭前变得清凉。

沿着里迪河往下十英里
一个周日的下午，
我和玛丽·坎贝尔骑行
到广阔明亮的鴻湖；
我们让马儿在草地吃草
直到影子爬上山顶，
在岩石溪岸下漫步
穿过树荫斑驳的地方。

然后沿着河流回家
那晚我们比赛骑马，
月亮照亮了
玛丽·坎贝尔的脸庞；
在月光骑行中

为我的未来祈祷，

直到疲惫的马儿

并肩靠近。

在瑞恩渡口十英里外

山峡下五英里处，

我在岩石溪岸边

建了一座小农舍；

我清理了土地，围上栅栏

耕种肥沃的红壤。

当我把玛丽迎回家

我的第一季金黄色的庄稼。

如今沿着芦苇河

青草丛生的树荫叹息，

水潭里依然倒映着

天空中的景象；

而永恒之上

太阳、月亮和星星，

金色的沙砾

在岩石坝上漂流。

但我建的小屋

如今已无踪迹，

许多场雨水已铺平

犁耕的沟壑；

我们的美好时光已成往事

扭曲的枝条在飘荡，

金色的野花

在玛丽坟墓的山丘上绽放。

灰色大平原

在西部，星星最明亮，
烈日下北风怒吹，
死者的骨骸闪耀着白光，
太阳在沙漠上炙烤
在这个自私的王国里
为了利益而互相压榨，
白人为了生存而跋涉——
辽阔的灰色大平原无边无际。

可怕的地平线上没有裂缝，
炫目的雾霭中没有一丝模糊，
除了边缘的树林，
猛烈的白色热浪
在油罐堆升起的地方
当漫长的白昼消逝
直到它看起来像一座遥远的山
低伏在灰色大平原上。

没有溪流或泉水的迹象，
干燥而炎热的胸膛上，
烈日正午没有一丝阴凉
让疲惫的人歇息。
整年都是炙热的天空，
从未因下雨而乌云密布——
只有沙漠中的灌木，
生长在灰色大平原上。

富人梦中的营地里，
来了"旅行者"和他的伙伴，
在惨淡的黎明里
仿佛迟归的流浪汉的灵魂；
骑马人在远处模糊不清，
星星依旧辉映天幕，
低矮的微弱的云，像灰尘一样，
萦绕在灰色大平原上。

整日从他们前方，
湖中幻影袅袅飘散——
白昼里的海洋的幽灵
整日悄悄尾随
带着邪恶，蛇般的动作，

如同疯子脑海中的波涛：
那是一个不像水的幻影
在灰色大平原上。

在西部边界有一个牧场
人们如同野兽般生存；
在延伸到东方的丛林里
矗立着一座小木屋；
那些绝望的人们
背着行囊艰难跋涉——
他们不能停留
在灰色大平原上。

在西部，星星最明亮，
烈日下北风怒号，
死者的骨骸闪耀着白光，
太阳在沙漠上炙烤
在饥饿的远方
勇敢的心徒劳无功
乞丐们为了生存跋涉——
灰色大平原延展于此。

这是一片不再贫瘠的荒漠

多年来的灰色大平原，
一场猛烈的火焰燃烧着人心——
干涸了泪水的源泉；
在一个贪婪狂热的悲剧中
受害者被碾碎在地狱般的争斗中——
一个种族的灵魂被谋杀
在生命的灰色大平原上！

老乔·斯沃洛

老乔·斯沃洛，叼着短烟斗——
宽檐帽儿往后歪着——
他喜欢在小屋的火炉旁逗留，
聊起过去的日子。

老乔·斯沃洛，在往昔的岁月，
身姿挺拔如长矛——
每当他现身热闹的丛林舞会
每个姑娘的眼中都会闪烁光彩。

在偏远的乡村无人能敌
老乔·斯沃洛骑术高超：
他轻轻一挥赶牛鞭
就能剔干净皮肤上的烙印。

他头戴高高的灯笼树帽，
穿着绑紧的长裤，系着鲜红的腰带，
他放荡不羁的风范已成往事

年轻的乔·斯沃洛曾经引人注目。

老乔·斯沃洛说："啊！那些岁月已逝——
那些美好的时光已不再！"
他停顿片刻，只是摇头叹息，
因为烟雾迷了他的双眼。

老乔·斯沃洛，在往昔的岁月，
当你身姿挺拔高耸，
每当你现身热闹的丛林舞会
每个姑娘的眼中都会闪烁光彩。

致老伙计

老伙计啊！在那狂风肆虐的旧时光，
当我们的希望和烦恼都还在，
在那些年里，鞋底磨破的岁月，
我发现你无私而真诚——
我把这些诗句汇集起来
为了我们的友谊和你。

你或许会稍加思索，也有理由，
虽然心存温和的遗憾，
我在季节深处才想起你
证明我依旧记得你；
但你绝不会像那些背叛我们的人
利用我们然后忘记。

我记得，老伙计，我记得——
我们曾经走过的小径清晰可见——
12月欢乐的最后几夜，
新年里庄严的开端，

漫长的跋涉穿过林间空地，
在站台和码头短暂的告别。

我仍能感受到支撑我们的精神，
旧日的星辰仍会闪耀
我记得最后一次狂欢的合唱
为了那些曾经的美好时光，
当我们面前的道路分岔，
你走向未来，我亦然。

穿过如鞭般抽打的霜风
穿过旱季永远模糊的雾霾——
有时在怀疑的黑暗中
幻想中的光芒闪烁——
我跟随着帐篷的支柱和灰烬
我们朝着更远处的营地前进。

你会在这些岁月中找到一丝痕迹
那是我们过去光辉的一面，
有时会认出那张脸，
一个已经消失在视线中的朋友——
我把这些诗寄给你，
作为我曾经承诺要写的信。

意义何在

但书写"丛林"意义何在呢——
尽管编辑们要求如此——
城里人和农场人，
永远无法理解。
他们对丛林人所见之景视而不见
闭紧双眼时，最能见到的美，
在阳光最炽热
星星最多最亮的地方。

清晨，乌鸦盘旋
在某个生命凋零的地方；
一对鸸鹋在黄昏时分
从孤寂的水塘边飞过，
它们的头高高抬起，眼睛
警觉地注视着人类的动静，
羽毛在身后摇曳
如同装饰裙边的流苏。

流浪汉跋涉穿越平原；
天哪，没有什么比这更悲伤，
除了那条尾随在后
如影随形的狗；
火鸡尾巴驱赶苍蝇，
水袋和铁罐随身携带；
干粮袋越来越轻，
旅人渐渐变得茫然。

在牧场工人眼中，平原
似乎缓缓上升，
几里外的灌木和草丛
被放大许多倍；
那条小路时而显得隆起
时而似乎微微倾斜，
还有几只袋鼠的踪影
出现在遥远的空旷之地。

剪羊毛后归来的流浪汉
感受到的喜悦和希望，
或在六个月的背乡跋涉后，
他终于抵达终点。
他疲惫的灵魂再次呼吸，

酸痛的双腿似乎变得灵活
当他在平原朝东望去
看到那片亲爱的树林！

但书写"丛林"意义何在呢——
尽管编辑们要求如此——
城里人和农场人，
永远无法理解。
他们对捕鲸人所见之景视而不见
闭紧双眼时，最能见到的美，
在澳大利亚最辽阔的地方
星星最多最亮。

更美好的东西

尽管工人们为更美好的生活而苦苦斗争
或许不会触动那些享受金钱带来欢乐的人
但常常如此，便觉这种欢乐索然无味，
他内心深处更好的本性反抗这一切，
激起他内心依然存在的高尚情操，
就像纯洁女子的手抚摸着垂死的恶棍的额头。

那是对比现在或过去更美好的希望——
这是我们内心深处至死不渝的愿望——
在放纵中更加强烈——这是上升的渴望，
是对更美好事物的希望，最终将拯救我们。

给一个人世间所有的财富——给他真挚的爱和财富——
但有时他会对这个世界和自己感到厌恶；
有时他的良心在苦恼的夜晚会有幻象，
一个"罪恶"是洁净的地方，一个纯粹快乐的土地；
而我们嘲笑为"理想"的更美好的生活状态
在他面前遥远而真实地出现。

那是对比现在或过去更美好的希望——

这是我们内心深处至死不渝的愿望。

是我们堕落的灵魂渴望救赎的愿望；

是对更美好事物的希望，最终将拯救我们。

告诉你们这些流浪汉

我告诉你们，这些流浪汉，四处流浪；
在你们安定下来之前，不要凝视善良的女孩的眼睛。
独自离去，留下旧友，是一件难事——
当你们的品位变得高雅，却要在艰难中旅行，是一件难
　　事——

人陷入困境时，
口袋里没有钱，甚至没有一件像样的衣服。
但被迫从温柔的拥抱，从最后的深情一吻中分离——
被贫困所迫！世上再没有比这更难的事了。

绿色潮水

响亮、勇敢的笑声和老套的笑话——
或者在困境中我们无法微笑——
如果我最了解你，今天你会有些沉闷，
而我会感到片刻心酸。
握住栏杆，你握着我的手
为了未来和过去；
码头和甲板上回荡着
《友谊地久天长》的歌声，
当绿色的潮水滑过。

当绿色的潮水滑过，老朋友，
绿色的潮水流淌之间；
"你会给我写信"，"我会给你写信"，
当海水在我们之间翻涌。

但你将在新年的船上飘荡，
因为我祈求两人好运；
当你看到码头时，你会欢呼，

而我会在那里为你举杯。
握住栏杆，你握着我的手
为了未来和过去；
码头和甲板上回荡着
《友谊地久天长》的歌声，
当绿色的潮水蔓延开来。

当绿色的潮水奔流，老朋友，
绿色的潮水流淌之间；
"我会给你写信"，"你会给我写信"，
当海水在我们之间翻涌。

旧琴之韵

姑娘小伙欢聚一堂，

欢乐弥漫小屋。

我们载歌载舞，

手风琴的风箱随之拉响。

琴声悠扬，从遥远的达令河畔飘至瀚海之滨，

从唐斯飘至里弗赖纳，

辽阔的西部啊，桉树，

你可听见手风琴奏出的美妙的旋律？

篝火周围一片宁静，

白色长枝在我们头顶上伸展；

我们奏起往昔的曲调，

和着那些美妙的丛林合唱。

或许爱尔兰竖琴更甜美，

苏格兰风笛更激昂嘹亮；

但请奏响美妙的老式手风琴，

为我唱起那首丛林老歌。

炉火熊熊，温暖宜人，
我们推杯换盏，把酒言欢；
奏响美妙的老式手风琴，
琴声淹没了暴风雨的呼啸。
即便岁月多烦恼，
忧虑的痛苦日益深切；
但每当听到美妙的老式手风琴声，
我便心生欢喜。

被上帝遗忘的小镇的选举风云

小镇虽被上帝遗忘，帕特·姆杜默却把佳音传：
"议会的好日子已不长！"
小伙子们欢呼雀跃，因为当局实在"烂到根"，
被上帝遗忘的小镇卷入后续选举洪流。
此地生活索然无味，唯有酒食聊以度日。
但我们在消息见报前就已奋起反击，
因为选举会上，沸反盈天，镇上的小伙子们
提名比利·布莱兹竞选即将到来的议会选举。

他镇亦有他人选，选举前一天，
丛林人云集小镇，远处的棚屋一片沉寂。
羊群被放任自流，牛群也无人照管，
顺着河流悠然游荡，尽享田园风光。
威廉·斯普特，倡导自由贸易（怎料选票被诺丁分散），
尽管他权势显赫，财富丰厚，
可荒凉的平原，响起全镇人民的呼声：
"选布莱兹，拥护保护主义，守护我们生存的这片土地。"

帕特·姆杜默说："你们这些家伙，收起你们的丑陋嘴脸。
竖起你们肮脏的耳朵，听我一言相告：
倘若你们想向新的议会推选一位能人，
那就保持清醒直至明天，投票给布莱兹。"
那个被上帝遗忘的小镇，正在茁壮成长，却一直无人问津，
而今，倘若我们的代表当选，便能扭转乾坤——
促进当地城镇发展，保护当地工业：
选布莱兹，拥护保护主义，守护我们生存的这片土地。

"我并未说比利·布莱兹出类拔萃，
我并未说他学识渊博，只因他时运不济；
我并未说他逻辑严密，或像斯普特那般口才了得，
我并未说他经验丰富——但我要说，他有勇气！
如今国家日渐衰败，政府早已腐朽不堪。
但他将赢得公众信任，保护公共利益；
为了那个被上帝遗忘的小镇的永恒荣耀，
选布莱兹，拥护保护主义，守护我们生存的这片土地。"

帕特·姆杜默踏上征途，干劲十足，全力以赴。
精心组建委员会，成员们个个活力四射、斗志昂扬；
激情满怀的委员会纵马驰骋，穿越酗酒成风的人间炼狱，
身处丛林小屋的选民们惊慌失措，被驱赶而出。
所有交通工具都被征用，酒兴正酣的酒鬼也被拽上车；

帕特·姆杜默对司机说："若想保命，

就别停下来喝酒——直奔那个被上帝遗忘的小镇，

让那些恶棍们选布莱兹，守护我们生存的这片土地。"

当地半数早已作古的英灵（为此次选举而奇迹般复生），

选布莱兹，拥护保护主义，守护他们曾经生活过的这片土地。

最终，布莱兹以六十票的优势成功当选，

被上帝遗忘的小镇，处处洋溢着胜利的喜悦。

随后，小伙子们齐聚一堂，共同欢庆。而帕特·姆杜默主席

第二天，却被发现在面包坊的发酵槽里呼呼大睡，

周身裹着生面团，只听他在睡梦中呢喃：

"选布莱兹——拥护保护主义。"——接着便是唾液成珠，

一阵咳嗽。

如今，伟大的比利·布莱兹爵士远在大洋彼岸的伦敦生活，

据说，其西区府邸，尽显奢华，冠绝一方。

我常想，他那些出身尊贵的儿女们，

是否听说过比利·布莱兹，那位曾经的"人民之友"？

他的存有偏颇的记忆，是否还萦绕于那段热血沸腾的竞选

　　岁月？

那时，在那个被上帝遗忘的小镇，全镇都始终不渝地支持他。

梦回之时，他是否能听见盖过所有欢呼的那一声呐喊：

"选布莱兹，拥护保护主义，守护我们生存的这片土地"？

啊，昔日的丛林是如此壮美，西部少年如花朵般绚烂，

他们智谋超凡，应变神妙，远超文学作品里最夸张的刻画；

我依旧怀念那段时光，当时比利·布莱兹

被上帝遗忘的小镇的民众推选进入"新的议会"。

我仍保存着那块竞选横幅——由我的一位伙伴制作而
  成——

尽管横幅上的喷漆已经斑驳脱落，丝线已经残破磨损，

满是尘埃与污垢的表面，褪色的字迹依稀可辨：

"选布莱兹，拥护保护主义，守护我们生存的这片土地。"

科尼·比尔

嘴里衔着旧陶土烟斗，
帽子高扬，亮出额头，
衣着极具南方风情——
我想，此刻，我再次遇到他。
城市的街道寂静无声，
睡意来袭，
我时常梦见，我和比尔
一同敲鼓。

犹记得，初来乍到时，
一切都陌生无比；
我茫然无依、疾病缠身、行动不便，
幸遇比尔施以援手。
老比尔就是人们常说的
患难之交，
他对每个人都满怀善意，
对我亦如此。

我们在幽静的树下扎营，
坐在篝火旁，
揉着疲惫的双膝，
衔着陶土烟斗，吞云吐雾。
又或是，当我们长途跋涉，浑身湿透，
天空又乌云密布，
我们便会寻一处破旧的小酒馆落脚，
围坐一起，胡侃吹牛。

尽管岁月在他的额头刻下印记，
也磨掉了昔日他的一头卷曲的头发，
但他始终——或许至今依然——
深受女孩们的喜爱；
我听过丛林妇人的尖叫吵闹——
我见过她们笑得前仰后合，
连手中的活都干不下去，
只因科尼·比尔的出现。

他是最快活的老家伙，
你前所未见。
在丛林狂欢会上，
人们常让老比尔当司仪。
他让他们整夜唱歌跳舞，

让音乐响彻云霄，

到了天亮的时候，

他又敲着鼓，继续前行。

尽管诗人吟唱的那些欢乐

并不属于比尔和我，

但我想，我们在丛林里

还是有过一些美好的时光。

我娶了妻，戒了朗姆酒，

踏踏实实、安安心心过着日子；

但比尔更喜欢敲着鼓，

继续前行。

那些懒惰、无所事事的游手好闲之徒，

住在豪华的宅邸里，

称老比尔是酒鬼、

是懒汉，或是流浪汉；

但如果死者真的能够起舞——

如诗人所言那般——

我想，我宁愿碰碰运气，

与科尼·比尔共舞。

他漫长的生命将近尾声，

生命的阴影开始降临；
很快，他将背上行囊，
踏上最后一次漫长的征途；
我相信，他在丛林和城镇中
住得舒服，知道的也多，
人们会为可怜的老科尼·比尔
放下金色的滑轨，让他安息。

老骑兵坎贝尔

有一天，老骑兵坎贝尔
策马奔向布莱克曼的牧场，
帽檐与军刀，
在阳光下闪烁着光芒。
时值新年前夕，时光缓缓流淌
越过低矮的山脊，
悲伤的旧岁，正渐渐远去，
飘向过往岁月的长河。

骑兵的心海深处翻阅着，
他生命中的爱情篇章——
那里镌刻着他对玛丽·怀利的爱恋，
在她成为布莱克曼的妻子之前。
他为情敌夺走心爱之人而伤痛，
因为他深知，布莱克曼的牧场
隐藏着无尽的烦恼与纷扰。

小树苗的影子被夕阳拉得悠长，

夏日的黄昏已悄然来临，
布莱克曼与那位骑兵，
在农庄大门外不期而遇。
倘若命运的磨难，
能在人的身上留下持久的痕迹，
那么忧虑的皱纹早已永久地烙印在
可怜的布莱克曼的沧桑的脸庞上。

"心情不好的一天，坎贝尔骑兵，
今天对我来说是糟糕透顶的一天——
这世间，人海茫茫，唯有你
是此刻我最想见的人。
大片大片的乌云，
笼罩在农庄上空；
我那桀骜不驯的儿子啊，
竟投身于姆杜默的帮派。

"哎！救救他，救救他，坎贝尔！
我以老友的名义恳求你！
若他被捕并被处以绞刑，
我的妻子将羞愤欲绝。
玛丽及其姐妹，

又如何能在人前昂首挺胸，
抵挡妇人的冷嘲热讽，
奢望男人的怜爱？

"倘若他犯下命案，
我宁愿与他共赴黄泉。
不要抓他，坎贝尔，尊贵的骑兵，
即便他的头颅已被悬赏；
只求你，与他对峙时，
请开枪！坎贝尔，果断开枪
让他免受绞刑之苦，
我们也不至于蒙羞。"

"汤姆，听我说，"坎贝尔骑兵喊道，
"你的话太过荒唐。
纵然他放荡不羁，
终究与你血脉相连；
你得勇敢面对困境，
像男人一样挺直腰杆，
告诉你的妻子和女儿，
我定全力以赴，拯救他于水火。"

澳大利亚的夕阳，满载哀愁
悄然隐退于西方天际；
夜幕低垂，暗影重重，
侵袭着无法安息的心灵
布莱克曼的妻子坐在椅子上，摇晃着，
哀声连连，悲痛难抑。
"我无法承受这份耻辱，"她悲叹道，
"这份耻辱，我实在承受不起。

"我日复一日，年复一年，
含辛茹苦，
努力让我的孩子们
比这里的其他孩子更出色。
然而，倘若我的儿子沦为罪人，
我的脸面何在？
我无法承受这份耻辱，苍天啊，
这份耻辱，我实在承受不起。

"啊，神明在上，请垂怜！
在悲痛的深渊，我坦承我的自私——
我的儿郎心地更善良
胜过我认识的其他许多人。
我愿承受世间所有的凌辱，

在他母亲去世前，
为我那糊涂的孩子寻得一隅，
让他那被通缉的头颅得以安放。"

心怀悲戚，坎贝尔骑兵
从布莱克曼的农庄策马折返，
沿途对周遭一切浑然未觉，
直到马蹄踏过远远的十三英里；
就在接近两壁夹峙的狭窄通道时，
耳畔传来扳动枪栓的咔嗒声，
举目一望，岩缝之间
步枪的枪口正直对着他。

紧要关头，一名少年疾驰而出，
迅速跃至坎贝尔身旁：
"住手！看在上帝的分上，千万别开枪！"
他高声呼喊，"这是坎贝尔，伙计们！"
众人沉默，
随后，一支支步枪缓缓放下，
因为那些熟知他的人，
谁又忍心对坎贝尔骑兵扣下扳机？

哦，老坎贝尔，英勇无畏，端坐马上，

未露半分胆怯。

他缓缓拔出卡宾枪，

将其靠在膝盖旁。

强盗们纷纷举起武器，

却无人打破沉默的对峙，

终于，老骑兵坎贝尔，声若洪钟，

一语既出，震撼四野，尽显威力。

"那位少年，你会毁灭

同我回家吧；

否则，峡谷再非坦途，

我们中有些人或永沦绝路。

你们认识老骑兵坎贝尔，

你们有没有听说过，

威胁或武力，能改变他的意志？

或者他曾经违背过诺言？

"那个顽劣的人正在扮演

一个无情恶棍的角色；

他知道，自己所为

不仅伤了他的可怜的老母亲的心。

还会招致天谴；

但不止于此，

还会给我本应感到自豪的家族
带来耻辱。

"姆杜默，请听我说，
倘若你心间尚存一丝温情，
倘若你的眼眸曾映照过
布莱克曼一家的愁云惨雾，
此时此刻，你定会伸出援手——
兄弟情深，坦诚相对——
誓将迷途的羔羊引回正道，
倾尽全力，矢志不渝！"

"带上他！"姆杜默下令，
"他自有坐骑。"
少年稍作思量，
随即，策马奔向坎贝尔身旁——

"再见了！"群匪齐声高呼，
马蹄扬起尘土，疾驰踏入山峦。
"新年好，坎贝尔。"
姆杜默仅此一言。

随后，沿着山脊，

两个丛林人策马疾驰，
月光为骑兵坎贝尔的脸庞
增添了一抹光彩。
在新年的第一缕晨曦到来之前，
他们终于抵达了家园；
而这只不过是一个
烦扰终成过往的故事！

自由，正汹涌而来

父辈们辛勤劳作，只为维持微薄的生计，
游手好闲之徒却过得逍遥自在，
果腹之食，蔽体之衣，
他们的祖国却拒绝给予。
于是，他们背井离乡，
舍弃王室的荣华富贵，
来到了澳大利亚，有人也因窃遭逐，
被流放到了澳大利亚。

他们艰苦奋斗，建造家园，
辛勤劳作，垦荒拓地。
身为先驱，
他们未受权贵侵扰；
而今，我们已将这片土地
变成充满希望的花园，
贪婪的老家伙却伸出肮脏之手，
企图将这一切从我们手中夺走。

自由，正汹涌而来，
她会将暴君打得晕头转向，
她将再点燃一堆火，
再煮一壶水。
我们要让暴君尝尽
被钳制喉舌的痛苦；
如果鲜血染红了金合欢树
那也别怪我们太狠。

流浪四方

现在，帐篷杆渐渐腐朽，营火已经熄灭，
负鼠或许在树梢上尽情嬉戏；
我背着行囊，在这片广袤的土地上游荡，
脚步在沙地上留下深深的印记；
我背着行囊，流浪四方，
沿着流浪者的足迹前行。

一路向西，再向西北，越过连绵山脉，
踏入那片辽阔的平原，只见牛羊牧场星罗棋布，
以苍穹作顶，以大地为榻，
随身携带装着面包和杂物的印花棉布袋；
记忆中鲜有同伴，
唯有那个疲倦的野狗随行。

夜空中，繁星点点，犹如穹顶上悬挂的吊灯，
脑海中浮现出家中那盏温暖而熟悉的灯火。
此刻，我在旷野上点燃了篝火，
脑海中浮现出暗影斑驳的壁炉，

但我要追随命运的脚步，只因命运的安排最为明智，
于是，我毅然选择跟随，由她指引我往西北偏西前行。

帐篷惨遭撕裂，毛毯也被浸湿，
洪水凶猛肆虐，如猛兽般席卷营地，
刺骨的冷水从地面喷涌而出，
我蜷缩于床榻之上，耳畔水声轰鸣，
心中暗自忧虑，明天我拖着湿透的沉重行囊前行，
我的脚步将会多么沉重而迟缓。

尽管流浪汉的路途大多艰难坎坷，
可流浪的路上仍有欢乐可寻。
一日跋山涉水后，
你点燃篝火，铁壶欢腾沸鸣，
端起陶碗，抑或是与同伴畅聊天地，
令人倍感心旷神怡。

但要小心城镇——多年来，那里一直潜藏着毒液，
你在此纵情畅饮啤酒，沉醉于酒海的欢乐；
因为丛林人在闹市迷失方向，
当他钱财耗尽，朋友也纷纷离去。
囊空如洗，方觉世态炎凉，于是——
又只能背上行囊，重返丛林。

卡梅伦的心脏

金矿采掘正盛，阿利斯特·卡梅伦来到，

他告诉我，他带着朋友与牧师的推荐信；

他展卷细述——称其为工厂根基——

一函由长老亲笔，另则出自姑母之手。

牧师说他"亵渎神灵——离经叛道"，

姑母称他"挥金如土，无论在家还是在外皆叛逆儿郎"。

他时而酗酒，也偶涉赌桌（英雄亦非无瑕）；

谈及阿利斯特·卡梅伦，这便是谈资。

他为人正直，心系祖国，敬畏苏格兰教会；

做饭从不偷懒，工作也从不马虎。

那时，许多穷困潦倒之人力竭财空时，

总会在卡梅伦的帐中，得到一顿教训—— 一顿饱饭，得到
　一时安歇。

对营地所有的女子都避而远之，人道是，断情绝爱——

只好威士忌与赌博。

随身带着隐秘包裹，但我最终还是发现，

啊！里面藏着他往昔的柔情：
戒指、白色石楠花、信件、发丝，
还有斑驳的银链，以及卡梅伦心上人的画像。

60 年代初，我、艾莉、麦基恩碰巧
在蒙杜林，靠近福斯伯里的搅拌机旁挖矿井。
吊桶很大，满载后重如铅，
只见阿利斯特力大如牛，轻松吊起。
常常暗示自己有心脏病，却未当回事，
我一直认为卡梅伦的心脏无恙。

一天，我在井底作业——往吊桶里装土，
阿利斯特高喊："加把劲，伙计！今日可触底！"
他绞动绞盘，吊桶平稳而迅速地往地面上升，
岂料，碰到井口的圆木，吊桶戛然而止，悬在空中。
卡梅伦朝我一声大喊，我瞬间意识到祸端已至：
"快顺着踏脚孔爬上来，我会抓紧桶柄——否则命丧于此！"

此话竟成了遗言，呻吟声在我耳畔萦绕，
工人痛苦的痛吟，最是揪心。
绝望笼罩着我；我开始攀爬，几乎喘不过气来，
我害怕死亡，为了活命奋力爬到井口。
却见同伴的尸体横陈眼前，腰还挂在吊桶的把手上，

吊桶悬挂在井口上方，全凭卡梅伦的体重支撑着。

那天早上，死神突袭，绞盘无情向他索命，
不知，阿利斯特在那一刻是否想到了远处朦胧的景致？
他深知倘若吊桶速滑，定殃及同伴——
他紧紧地握住铁把手，力抗天命；
突然胸口一阵剧痛，却心系我的安危，而非自身性命，
不顾死神的手指扼住他的心脏，他仍紧握把手。

尤伦迪里

远处美景难寻，
荒凉的平原上，苹果树枯萎凋零。
古老的峰峦巍然迎风，忧郁绵长，
幽寂的山谷中，桉树丛生。
那里有空谷回响，阴郁奇谲交织。
尤伦迪里宛如宝石镶嵌在群山中。

我依旧能在脑海中勾勒出蓝天与绿叶交织的美妙景象。
那是黄杨树覆盖的小山丘，五角枫在那里蓬勃生长；
还有枝干虬曲、姿态古朴的木麻黄树，在河湾处幽幽叹息
俯瞰着幽暗山脊尽头被睡莲点缀的池塘，
灌木丛生的山脊，自山顶蜿蜒而下
一直延伸至绿草如茵的尤伦迪里溪畔。

遍布葡萄园和果园的小山丘，
即便干旱侵袭，也无法损毁它的美丽；
回忆往昔岁月，
我曾行走在覆盖着薄霜的边坡上，

随着夜色的阴影渐渐从山谷中褪去，
远处的山丘被晨曦染得一片绯红。

近年来，我故地重游，库吉贡河依旧穿越山岭潺潺流淌，
而周遭的一切早已物是人非。
铁路的开通给小镇带来变迁，仿佛被诅咒一般，
金矿也已枯竭。昔日的恋人、挚友
还有老屋都已不见踪影，但橡树仿佛在诉说着
尤伦迪里溪畔那些朦胧的旧日时光。

我伫立于溪畔，夕阳的余晖洒落，带来丝丝凉意，
当木麻黄树叶的轮廓在金色的余晖中摇曳，
我想起了往事，想起了故人，
直到我的心随着橡树的叹息而叹息；
岁月啊，如同溪水，
从尤伦迪里的鹅卵石从沙砾间溜走，一去不复返。

无颜归乡

当你为谋财而来，却连自己的生计都未谋得，
而你的失败并不能归咎于任何人——
当你未谋得一份差事，却又逢时运不济，
没有什么能激励你，除了无颜归乡；
囊空如洗，归途缓行，
一文不名，无颜见人；
哦！那时你才真正体会到羞耻的滋味。

当你身处异乡，独自苦苦挣扎，
你无比渴望回到那个熟悉的小镇；
当你衣衫褴褛，而未来又一片黑暗，
没有什么能伤害你，除了无颜归乡。

当我们卖力打拼，却被逼到绝境，
将我们逼成懦夫的不是良心的谴责，而是他人的嘲笑；
当你踏上归途，哦！你的内心备受煎熬，
心灵深处笼罩着无颜归乡的阴影。

当一个失败者被发现头部中弹，

人们对他进行尸检，审判，最终认定他精神失常；

而实际情况往往是因为他不久前遭到解雇，

逼他走上绝路的正是无颜归乡。

啊！我的朋友，你轻蔑一笑，称之为无稽之谈，

看来你从未在世间打拼过；

但当命运向你发难，不幸降临之际，

你将体会到无颜归乡所带来的苦涩滋味；

囊空如洗，归途缓行，

一文不名，无颜见人；

哦！那时你才真正体会到羞耻的滋味是多么苦涩。

托尔布勒加

圣诞前夕，杰克·丹佛在托尔布勒加去世，
哀声四起，因为丹佛是一个好汉；
丹佛的妻子垂首低泣——他的女儿也悲痛欲绝，
大个子本·达根站在床边，孩子似的抽泣着。
但大个子本·达根随即备好马，疾驰而去，远赴四方，
只为在托尔布勒加举办有史以来最隆重的葬礼。

本·达根四处奔走，
经过牧场和剪羊毛棚，
大喊："杰克·丹佛死了！
快去托尔布勒加参加葬礼！"

他四处借马，整个平安夜都在策马疾驰，
几乎未停歇片刻，只为尽快传播这个悲痛的消息；
他经过孤零零的小屋与农庄，天色渐晚时，
他掉转气喘吁吁的马头，直奔罗斯的牧场。
自约翰逊带着医生前往托尔布勒加为他的妻子看病以来，
还没有哪个丛林人能在一天之内骑过这么远的路。

本·达根飞速穿过

矿工营地，

每到一处，他便大喊："杰克·丹佛死了！

快去托尔布勒加参加葬礼！"

那天夜里，他经过山顶上伐木工的临时棚屋，

唤醒在贝林凡特桥边扎营的赶牛人；

当他再次爬上山脊，月光洒满了山坡；

柔和的月光在他盈满泪水的眼中闪烁；

他抹去难以抑制的泪水——只因模糊了视线；

在托尔布勒加死去的是他最真挚的朋友。

黎明前，

本·达根来到布莱克曼的牧场，

大喊："可怜的丹佛死了，

快去托尔布勒加参加葬礼！"

周边的每一处棚户，都听到了他的马蹄声，

他沿着通往威尔逊矿场的小路前行，向淘金者传达丹佛的

　　死讯；

但"鬼门关"附近的峡谷，漆黑如墨，

一棵树横倒在路上——

他来不及避让，随后便听到马蹄突遭撞击的声音，

自此，大个子本·达根再也没能骑着马回到托尔布勒加。

"这个可怜虫喝醉了，

丹佛的死——

真是奇耻大辱！"

次日，在托尔布勒加，人们议论纷纷。

托尔布勒加方圆三十英里的小伙儿纷至沓来，

为丹佛送葬的队列，长达一英里；

圣诞节那天，丹佛的坟墓旁，粗犷的丛林人眼中泛起泪

　　光——

西部丛林人知道如何安葬像丹佛这样的逝者；

星光月色下，有人返家途中，

发现本·达根倒在托尔布勒加五英里外的岩石中，奄奄一息。

消息广为流传

达根死后，

西部地区的丛林人，

纷纷赶赴托尔布勒加。

我的文人朋友

我写了一首小诗，自以为佳，
把打印稿拿给一位评论家朋友看，
起初他略加赞赏，随后指出些许瑕疵；
"构思不错"，他喃喃自语道，"但韵律稍欠打磨。"

于是我按他的标记修改韵律，
重新抄写一遍，又拿给我那位聪慧的朋友细赏。
他一边细读，一边挠头，试图搜刮更多见解，
他说："韵律大有改进，但韵脚尚需斟酌。"

于是我依其建议再作修改（我相信要慢慢来），
夜以继日，直到韵脚修改妥帖。
"现已大有改观，"他喃喃自语道，"你持续雕琢，必成大作，
现在有模有样了——构思也正合你意。"

我又倾注数小时精心雕琢（一旦开始，我便不会放弃），
韵律、韵脚与意旨，我无一不斟酌。

重写一遍，又拿给我那位严谨的朋友细赏——
这让他想起了曾在某个地方，读过类似的诗作。

人们常说，我若因太过自负而拒绝善意的建议，
绝不可能把如此拙作付梓，
我最亲爱的朋友们坚信，若常让文人朋友审阅我的稿件，
最终我将受益匪浅。

山丘驿站

羊毛运输队从西部翻山越岭而来，
山嘴上矗立着"牛车夫歇脚处"；
由树皮和树枝搭建而成，相当简陋，
但在那些逝去的粗犷的岁月里，丛林人已觉心满意足——
那只是一间安静的棚屋，由"伪装者"经营，
丛林人这样称呼"山丘驿站"的老板。

那些"装腔作势"的城市阔佬们嫌驿站粗鄙，
但比起我所知的一些高档酒馆，这里更好、更纯朴；
来这光顾的人都秉持做人的原则，
一旦有人在此行骗，绝不容留。
在山间驿站，你可以与一群品行端正的伙伴一起，
安静地抽烟、喝酒、聊天，或独自沉思。

那是牛车夫行进途中的避风港，
满载货物的牛车艰难前行，车轮嘎吱作响；
我记得，那些疲惫的车夫们白天奋力赶路，
只为能在棚屋里找到一个栖身之所过夜；

我甚至觉得，就连那些公牛也会抬起头，目不转睛地盯着
　从山丘驿站窗户里透出的那一抹烛光。

我们匆匆赶到驿站，挂起湿漉漉的帽子，
沼泽地上，叮当作响的牛铃声此起彼伏；
我们伫立在厨房的火炉旁，身上的羊毛裤冒热气，
品尝着各自钟爱的饮品。
啊！雨水顺着山丘驿站的烟囱倾泻而下，
老式大壁炉遭雨水侵袭，发出隆隆的轰鸣声。

很久以前，人们在驿站举办了一场圣诞派对，
那时，我和吉米·诺利特在河岸下游露营；
可怜的老吉姆可算是风光了一回——他被选为派对主持人，
因为，再也没有像他这样满口胡言的疯子了。
我们走进山丘驿站的客厅时，
"诺利特先生，斯沃勒先生！""伪装者"喊道，

我所在的城市，几乎毫无真正的乐趣可言——
街角总是充斥着嘲讽与虚伪的喧嚣；
但乡村聚会上，与欢乐的乡村姑娘们共舞，
便能感到快乐。
我和玛丽·凯里在山间驿站翩翩起舞时，
啊，那一刻我几乎感觉自己仿佛在空中跳舞。

吉米凑近我的耳边低语，我嘟囔着说："走开！"
他却大声嚷道："斯沃勒先生要为我们献唱一曲！"
起初，我满心不愿，故作姿态，一阵推脱，
直到女孩们悄声呢喃："斯沃勒先生，唱吧，求您！"
于是，我吟唱一首关于"爱永不消逝"的歌谣，
众人齐声和鸣，歌声震动了山丘驿站的梁木。

吉米吹起了口风琴，牛车夫纷纷去叫
小提琴手乔，他在帐篷里沉睡，活像一具"死尸"。
乔疲惫不堪，又患有腰痛病，拒绝前来，
但情况紧急，乔被人从床上拽起；
乔被带了过来，因为丛林人知道
在山丘驿站，"伪装者"有治乔的腰痛的秘方。

在送玛丽回家的路上，吉米和我格外沉默，
夜空中，繁星点缀，近在咫尺又遥不可及；
我们默默前行——沉浸在遐想中——
听到拓荒者在树上划火柴的沙沙声；
她的温柔甜美的道别，我在想谁会赢得她的芳心——
她却在二十一岁就已去世，长眠于山丘。

我想，驿站早已从山岭间消失，

241

那些姑娘大多已与我以前认识的小伙儿喜结连理；

我的老朋友们，如今远在他方——有些已经离开了人世，

而在幻想中，我们仍在举杯相碰。

我最美好的回忆里，郁郁葱葱的正中央，

依然矗立着山丘驿站。

《坎巴罗奥拉星报》

你是在为报社撰稿吗？为了那点微薄的稿费，废话连篇，
其实这不是什么新鲜事；
你年轻，有文化，又有才华，
但你永远也办不出像《坎巴罗奥拉星报》那样的报。
虽然就教育程度而言，我不过是个文盲，
但我自己——你可能不信——曾在坎巴罗奥拉
和一位叫查理·布朗的家伙一起帮人经营报社，
如果你愿意记下这个故事，我就把这一切全告诉你。

一个阳光灿烂的夏日，阳光倾洒，
布朗带着小型印刷机来到坎巴罗奥拉，
连同他的全部家当——途中受损——
还有一个面容疲倦的女人跟在运货马车后头。
他买下一间空棚屋，当然不是为了买醉，
结果，矿工们听到他整夜如同疯子般工作：
第二天，一块用沥青写的布告牌赫然出现，
宣告《坎巴罗奥拉星报》诞生。

唉，我确实目不识丁，幸好有矿工挚友，
常为我逐字逐句朗读《星报》；
《星报》刊登了一篇痛斥小偷和骗子的社论，
还抨击了非法占地，以及布朗写的一首诗。
有一次，我把这首诗给一位评论家看，他大加称赞，
尽管字字句句都有明显的瑕疵；
可这是自由之歌——任凭评论家作何评说，
都无法阻止这首歌在我脑海中回响，回响，回响。

于是，我前往布朗工作的小屋，就在附近：
"布朗老兄，我朋友一直在读你的作品，"我说道，
"我也在深入研读你的社论，你的观点，我深为赞同，
你直击问题要害，无法回避，无可辩驳；
你的报纸，恰是这片蓬勃发展的土地的响亮呐喊，
你立场正直，布朗老兄；我想和你握手，
要是《星报》有粗活需要帮忙，
我定会抽空相助—— 一言为定！"

布朗尽显矿工本色（在南方晒得黝黑，留着胡须），
他握住我伸出的手，嘴角似乎流露出一丝虚弱；
他紧紧握住我的手，犹如钳子一般，
竭力向我表达谢意，还结巴了一两次。
但无须多言——我们志同道合，

我们彼此了解——查理·布朗与我是同伴。

于是，我们在一个叫作"巴"的地方共同打理一块小牧场，

我们还一起挖井，晚上则一起为《星报》工作。

查理晚上完成工作后，便沉浸于思想的海洋，笔耕不辍，

而他的妻子总能在第一时间快速将他的作品进行排版。

我呢，也没有忘却那份承诺，我想，我也算是帮了忙，

因为，晚上我会操作那台疯狂的印刷机控制杆；

布朗负责给印刷机供纸，而那位"排版之神速"的布朗夫

　　人——

倘若天堂存有正义，她此刻正与天使共舞，

《星报》刚起步时，她就在坎巴罗奥拉去世，

如同很久以前那些矿工们，永远地沉睡于地下。

天哪，那台印刷机！故障连连——我们把它调好的次数不多，

如果一个晚上平均能印一百份，那就算是走运。

多少个夜晚，我们一起坐在那个透风的小屋里折报纸，

而我，每当捕捉到新闻线索，我也算是帮了一点小忙；

我们为矿工发声，这在众多报纸中，实属罕见，

不过矿工要是犯错，我们也会毫不留情地批评他们。

即便如此，报社赢得了喧嚣矿业小镇的人们的喜爱，

矿工赠予布朗金块，以表达他们的支持。

夜深人静，我常常坐在他身旁抽烟，

那时，角落里的阴影似乎都向灯光汇聚——

他手指酸痛，僵硬地握着笔，

他以触动人心的笔触，写下那些揭露真相的激昂篇章——

一直写到他眼皮颤抖，一直写到东方泛白：

写下那些他那个时代受到的严厉而深刻的教训；

他直言不讳，即便是他作品中最不起眼的段落，也会被细
　　细品读，

我甚至觉得，《坎巴罗奥拉星报》就如同他们手中的《圣经》
　　一般。

但坎巴罗奥拉逐渐没落，矿工们的辉煌不再，

另一波人纷至沓来，在此定居；

一两个辛迪加垄断矿产资源，

改地名为"昆斯维尔"，自诩血统高贵。

他们企图让布朗帮他们谋取私利，

却遭到他的社论猛烈抨击，如雷霆般直击他们的既得利益，

布朗为公平正义而奋战，对人性化和理性统治曙光的到来
　　大加赞赏，

最终他的广告牌被撤下。

有人无偿提供给布朗最富有的矿场的股份，

要是他转行，本可以发大财；

他的社论遭到辱骂，诗句被拙劣地模仿，

还被告知，他的报纸已经远远落后于时代。

"别管时代了，"查理说，"与时代无关，你别烦恼；

因为我早就开始了，至今仍未被赶超。

但是，"他对我说，"它们在逼近，并不遥远——

虽然我把时代抛在身后，但它们正追随《坎巴罗奥拉星报》

　　而来。"

"让他们尽管使坏吧，"查理说道，"我绝不会罢笔，

只要还有一丁点儿纸片或一滴墨水，

哪怕被他们踩在脚下，我仍有真相要揭露，

哪怕把报纸印在我的衬衫上，我也要出最后一期。"

于是，我们勇敢地战斗，竭尽所能，

只为让最后一期报纸与往期一样精彩纷呈。

当坎巴罗奥拉的那些阔佬读到最后一期《星报》时，

他们围绕着那些尖锐的言辞和沉重的抨击议论纷纷。

黄金的力量胜过唇枪舌剑，更胜一纸笔墨：

试想，那时我若在坎巴罗奥拉觅得金块,他们定会惶恐不安;

但我们所凑的每一分钱都无济于事，

只因他们从中作梗，报社也因债务而惨遭查封。

这是一个店主所为，他断送了《星报》的前途，

回想起《星报》刚开始红火时，我们免费给他刊登广告：

怎料，区区一张微不足道的口粮账单，那个卑鄙小人
将这笔债务以两倍的价格卖给了憎恨布朗的人。

我沿着河岸挖掘，游过洪水泛滥的河湾，
带着些许现金和慰藉去探望我的文人朋友。
布朗正独自坐着，神情悲伤，绝望地垂着头，
一束牛油蜡烛的微弱光芒照着他的发梢，
狂风穿过门缝呼啸而入，
搅动了散落一地的纸张。
查理默默地握住我的手——随后说道：
"汤姆，老伙计，我们已竭尽全力，但那勇敢的《星报》
　　终究还是倒闭。"

然后，他骤然起身，脸色苍白如死灰，
他紧握住我的手，似乎在竭力喘息：
"汤姆，老伙计，"他说，"我要走了，我已经准备好——
　　出发，
因为我感觉我的心脏有些——有些不对劲。
汤姆，我的长女去世了。我爱她，胜过笔墨万千——
汤姆——而当《星报》垂死之际，我也感到*如此*。

"听！就像远处海浪拍打礁石，如雷鸣般轰鸣——
听，汤姆！我听到了——淘金者们——欢呼：'《星报》
　　万岁！'"

老牛夫之歌

遥想当年，黑人时常排成一条长龙
在常青树下漫步，
剪羊毛队伍顺应时令，自库南布尔启程，
踏上前往海边、为期数周的征途，
那时，我们的身心更为强健，
只因那是丛林人茁壮成长的年代。
我们曾经走过的路，远比孙辈们
所走的路更加崎岖、更加漫长。

我与那些已前往遥远未知之地的伙伴们，
与那些我已多年未见的伙伴们，
一同在卡其冈河畔扎营，
围着老牛车旁的篝火畅聊天地。
我想把他们从遥远的里弗赖纳召唤回来，
回到不比寻常的往昔岁月，
伴着老式手风琴的旋律吟唱，
唱响那些粗犷的老歌，歌里满是奇思妙想。

我们从未感到孤独，因为一同露营时，

我们谈天说地，吞云吐雾，消磨漫长的夜晚，

我丝毫不理会天气如何变化，

只要能舒适地躺在牛车下的吊床。

即使黎明时分，天气寒冷刺骨，

牛轭和防水帆布上都结满霜花，

我们仍会早早起身，

往篝火里抛树枝，架起高高的火堆，

在篝火上烤熏肉，用黑罐煮水。

平原上，空气中弥漫着负鼠的气息，

农舍与篱笆，隐隐透露出时光流转，

目光所及，苹果树的花朵闪烁着柔和的光芒，

远处山峦的轮廓勾勒出一抹淡蓝；

而此刻，下着雨，鞭打可怜的、饱受折磨的拉车水牛

却显得如此徒劳无益，

因为牛车已深深陷入车轴之下的泥潭，

在无数牛蹄的践踏下，道路已化作一片泥泞的沼泽。

险峻崎岖的山路让牲畜吃尽了苦头，

两头牛并驾齐驱，共拉一车货，

吃力地拖拽，不停地打滑，一步一步地缓慢前行，

行至半山腰时，紧贴着山路蹒跚前行。

终于，最后一段陡坡也被征服，

（此时，喝上一杯应该不算是罪过吧？）

公牛躺在桉树下休憩，

牛车夫径直朝着旅店的酒吧走去。

随后，我们缓缓迈开前行的步伐，

沿途的树木记录着漫长旅途中走过的路程。

我们缓缓绕过皇冠山山脚，

卡珀峡谷美丽的自然风光，尽收眼底。

唉！那些可怜的牛群在攀爬从平原到山谷的山坡时，

却饱受鞭笞之苦；

正是在这条艰辛的路上，运输队常常需要卸下货物，

所有人都明白"清点货物"的意味。

啊！我运过最赚钱的一次货物，

是运往我心上人当保育员的牧场。

我们相恋了一段时日，随后决定步入婚姻的殿堂，

无论顺境还是逆境，我们都将携手共度未来。

我日益年迈，双脚也愈发疲惫，再也无力继续

在粗糙的碎石路面上行走，

我的长子长大了，我把牛车给了他——

如今，他正驾着牛车缓缓前行。

梅布尔·克莱尔之歌

黄金之地的孩子们，

我为你们唱首歌，

尽管笑话略显老套，

主旨却新颖独特。

就让这首歌，在茅屋与帐篷间飘荡，

在本土植物繁茂生长的地方飘荡；

要知道，这首歌呀，

要用鼻音来哼唱。

在遥远的西部山丘上，

住着一位倔强的老农场主，

那里绿意盎然、湛蓝澄澈，

当然，除了干旱的时候；

他是一位激进的无政府主义者——

对他人嗤之以鼻——

却宣扬人人自由，

生来平等。

他住在他祖传的茅屋里——

他的妻子不在身边——

陪伴他的，只有

他的女儿梅布尔·克莱尔。

她的双眸与秀发闪耀着太阳般的光芒；

她的脚步稳健；

她的脸颊略微红润；

她是一位民主主义者。

她在树林间成长，

生来便具有一种男子般的独立精神，

她对女性嗤之以鼻，

还时常咒骂自己的父亲。

她厌恶那些虚伪浮夸、喜欢炫耀之人，

她曾见识过一些这样的家伙，

她笃信"女权"

（她大多数时候也能争取到）。

邻近牧场来了一位陌生人

他是牧场主的客人，在此暂居，

无人知晓他的来历，

衣着打扮颇似贵族；

他戴着眼镜，

衣领高耸，几乎触及耳朵，

双脚仿佛能踏入云端，

嘴角总是挂着一抹讥讽的笑。

他穿着最新潮的服饰，

系着最浮夸的领带——

人们普遍认为，

他是在乔装打扮成某个人。

但他究竟是谁，来自何处，

长久以来一直无人知晓，

唯有牧场主知道他的名字

以及他的高贵的秘密。

正午的烈日下漫步，

阳光刺眼，

这位高贵的陌生人邂逅了

光彩照人的梅布尔·克莱尔。

她一眼便看出他气度不凡——

依她的眼光来看——

但是，啊！非常遗憾的是，

她常在夜晚与他会面。

漫步在洒满月光的幽谷小径，
她一直滔滔不绝地
谈论着英格索尔、亨利·乔治，
还有布拉德劳和卡尔莱尔；
渐渐地，他爱上了这个女孩。
故事就这样展开，
直到他说自己是一位伯爵，
并向她求婚。

"哦，不要再说了，卡沃利尼勋爵，
哦，不要再说了！" 她说道，
"哦，不要再说了，卡沃利尼勋爵，
此刻我宁愿死去：
我的脑袋一片混乱，
真相我实难启齿——
我是一个民主派的女孩，
怎能嫁给一个贵族！"

"啊，亲爱的！"他喊道，"你知不知道
你如此对我，是多么不公平；
我出生在上流社会，
这并不是我的过错。
别轻信诗人那些无稽之谈——

啊，亲爱的，请你相信
即便是普通的勋爵也能够像
任何一个平民那样去深爱！

"为了你，我甘愿舍弃一切荣华富贵 ——
我甘愿为你去劳作！
我愿意将金银财宝抛诸脑后，
我愿意为你放弃我的贵族头衔。
啊，跟我私奔吧！啊，跟我私奔吧！
我们穿越那片蔚蓝的山峦！
啊，跟我私奔吧！啊，*跟我私奔吧*——"
那天晚上，她真的与他私奔了。

他们坐上火车，一路前行 ——
穿越山脉，疾驰而去 ——
最终抵达悉尼城，
不久，便在那里结为连理。
而在遥远的西部荒野，
赶牛人惊叹不已，议论着
梅布尔的父亲如何咒骂他的女儿，
只因她跟一个贵族私奔了。

"这新婚之夜，我的新娘怎么了，"

卡沃利尼勋爵大声呼喊道，

　"这新婚之夜，我的新娘怎么了——

啊，亲爱的，向我吐露心声吧！"

　"啊，现在，"她说道，"既然我是你的新娘，

就让我哭泣吧——我实在忍不住——

我的确背离了人民的信仰，

去攀附上层阶级。"

　"啊，"勋爵骄傲地笑了——

他把高顶礼帽扔在地上——

　"抬起头来，我的爱人，再笑一笑，

因为，我也不是什么勋爵！"

他摘下眼镜，

扯下领结，

转身站在他的新娘面前，

坦白自己只是一介平民！

　"虽然我什么都不是，但我爱你已久，"他说道，

　"我对你的爱纯真无瑕——

还记得，你在牧场主的羊棚里剪羊毛，

那一刻起，我便对你心生爱慕。

我不在乎你的地位或财富。

此刻，亲爱的，我深信

你爱的，是我这个人本身，
而不是我的地位或财富。

"为了证明我对你的爱，我花光了支票
只为买下这身华丽的行头；
快将我拥入你的怀抱吧，
因为，我不过是一介平民！"
起初，她发出一声惊呼，
随即摆脱了忧虑的侵扰，
她发出了一声令人心醉的叹息，
投入了他的怀抱。

他典当了那身华丽的行头，带着
他魅力四射的新娘踏上归途，
那位骄傲的老农场主
张开双臂迎接这对新人。
忠贞不渝的新娘与勤劳朴实的平民——
长相厮守，相依为命，
即便新娘心有不悦，
她也从不吐露分毫。

彼 岸

神秘的未来的某个地方，通往天堂的路上，
有一个非常宜人的国度，我曾梦见过一两回。
那里有内陆城镇，还有沿海都市，
但那个国家的人们与我们有所不同；
它遥不可及，被人们唤作"彼岸"。
那里，人与人之间洋溢着更多的是仁爱而非傲慢。

当然，没有一个社会制度是完美无缺的，
彼岸，亦不乏爱恨情仇、金钱诱惑与残酷战争。
当有人在公平较量中受挫，他可以重新开始，
在这种情况下，重新开始并不可耻；
绝望的人绝不会有自杀的念头，
因为他发现，他的同胞之间洋溢着更多的是仁爱而非傲慢。

那里的统治者从不嘲笑平凡的事物，
也不鄙视那个依恋母亲的少年。
心有所感时，他会毫不羞愧地谈及"家"和"母亲"，
而他在战场上会重拳出击，在敌人身上留下印记。

他们勇敢地反抗侵略，甚至不惜为国捐躯，

那里，人与人之间洋溢着更多的是仁爱而非傲慢。

诗人以孩童也能理解的质朴语言吟唱，

这些歌谣被这片土地上的长者世代传唱；

人们深知，自由永远少不了守护者，

先锋队的最前线，吟游诗人的旗帜高高飘扬。

哦，诗人们并肩前行，也在家中安然度日，

那里，人与人之间洋溢着更多的是仁爱而非傲慢。

我背负着"世俗忧虑"，深感疲惫，

有时，我渴望背起行囊前往那里；

但我无法独自前往，因为这条路一个人走不通——

我必须带领各国人民一同前往——要么全人类都去，要么
　都不去——

在去往彼岸的路上，我们会相互残杀，

因为我发现，我的同胞中洋溢着更多的是傲慢而非仁爱。

一个遭警察动粗的家伙

他站在被告席上，双眼青一块紫一块；
他的声音因悲伤而颤抖，鼻子也受了伤；
他一边用帽子擦拭着鼻血，一边嘀咕——
"警察对人动粗，真是可恶。"

"谁都看得出来，我是一个勤劳诚实的人，
奈何警察先生对我动粗；
哎，是的，那些律师尽管嘲笑我吧，这绝非什么可笑之事——
警察对人动粗，真是残忍。"

"你为什么不去工作？"他说道（他嘀咕着："为什么不
去？"）。
"法官大人，您、我都清楚，根本就没工作可做。
我试图找工作时，却被警察盯上——
警察对人动粗，真是可恶。"

我为受辱的高尚的灵魂叹息，流下一滴眼泪，
但，唉！法官对他毫不留情，判他入狱六个月。

他只是说：“天哪，死后，你们会受到严惩！
天堂里，警察不会对人动粗。”

"坦巴罗拉·吉姆"

他从未拔剑独斗群敌，

也从未舍命相救一个价值不及己身的人。

他生来如此，活出了自我——我歌中的英雄——

每逢遭遇不公，他便会挥拳而战。

然而却有无数人愿为他赴汤蹈火——

这位名叫"坦巴罗拉·吉姆"的朴实小伙。

他曾在"隐秘难寻的灌木丛"中开了一家小酒馆，

几乎无人不知坦巴罗拉酒馆的大名。

他不像其他店主那般擅长经营谋利，

也不适合站在吧台后招揽客人———

他随性洒脱，同大多数丛林人一样，脸上布满雀斑，身形
　高瘦，

"坦巴罗拉·吉姆"就是这样一位随性洒脱的土著人。

当人们说流浪汉在他的酒馆里白吃白喝时，

他会质问他们，人若食不果腹，如何维持生命呢；

他会说："我自己也曾一连数日滴食未进、滴水未沾——

啊！我历尽艰辛，深知穷困潦倒的滋味。"
他本可以发家致富，但他并未随波逐流，
因为"坦巴罗拉·吉姆"的菩萨心肠无人能及。

一个阴沉的日子，我与巴拉腊特·阿道弗斯及其一个同伴
踏着沉重的步伐穿越"不觅难逢的平原"，
夜幕将近，大雨倾盆，我们的衣物都已湿透，
我们无烟可抽，双腿也因抽筋而疼痛；
我们身无分文，希望之灯黯淡无光；
就这样，我们来到了"坦巴罗拉·吉姆"开的小酒馆。

我们把行囊扔在树下，绝望地蹲坐着，
吉姆走出来看看雨势，发现我们坐在那里；
他走过来轻声说："我猜你们连半克朗都没有吧，
进来吃点东西填填肚子，喝点东西解解渴吧。"
于是，我们拿起行囊，跟他走进了酒馆，
那时我们终于明白，为何丛林人对"坦巴罗拉·吉姆"如
　　此敬重。

我们坐在厨房的火炉旁，揉着疲惫的双膝，
听到雨水冲刷树梢，心中对他充满感激。
他留我们住宿，即便知道我们身无分文；
他给我们提供食物，直到我们找到工作赚了钱。
从那时起，我们无数次将酒杯斟满，

我们在不同的酒馆共同举杯，祈愿他身体康健。

只要吉姆有"残羹剩饭"可以分享，人们便餐食无忧。
正如"坦巴罗拉"常言，不能让任何人饿肚子。
可好景不长，酒馆迎来法警，
因为他一直帮助那些连饭钱都付不起的家伙。
于是，一个雨蒙蒙的夜晚，远处的山峦渐渐模糊，
他背起行囊离开了平原——"坦巴罗拉·吉姆"离开了。

我怀念吉姆老酒吧的昔日欢乐，那里欢声笑语和嘈杂喧闹
　　交织，
怀念那些发工资的夜晚我与伙伴们共度的快乐时光，
但一切皆成过往，我承认，无谓的惋惜也无济于事；
听闻"不觅难逢的平原"如今已经是一片荒芜。
可怜的"坦巴罗拉"或许已经离世，但这于他而言或许也
　　算善终，
圣彼得定会眷顾像"坦巴罗拉·吉姆"这样的人。

我相信，我会在星光璀璨的天堂与他重逢，
在极乐世界的酒馆里一同举杯畅饮。
我的朋友啊，如果你在西行途中偶遇吉姆，
别忘了告诉他，我是多么渴望与他相见。
我渴望再次握住他的手 —— 我渴望为他欢呼 ——
我还渴望与"坦巴罗拉·吉姆"共饮几杯。

我比你更骄傲

如果你认为你的家族出身比我的高贵，
如果你用言语或手势来彰显你的教养更高，
如果你因为财富丰厚或聪明才智而心生自满——
那我可不会甘居人后：我比你更骄傲！

如果你认为你的职业更高贵，
你认为与我同行是屈尊降贵；
如果你注意到我衣衫褴褛，而你衣着光鲜亮丽——
你无须多言：我比你更骄傲！

如果你有一位地位显赫的同伴，你在街上看到我，
你认为我太过平凡，不配与你那位尊贵的朋友相识，
以至于当我从你们身旁经过时，你故意视而不见——
那你就永远无视我吧：我比你更骄傲！

如果你的品行无可指摘，如果你的过往清白无瑕，
而众所周知，我的过往并不尽如人意，
请别冒被玷污的风险，无论如何都要保住你的名声——

物以类聚，人以群分：我比你更骄傲！

把你的恩惠留给其他人吧！金钱和地位无法掩盖
那些能够笑对命运的友情，能够跨越骄傲鸿沟的友情！
如果你以平等的态度向我伸出橄榄枝——让我感受到你的
　真诚，
那么我筑起的骄傲之墙便会崩塌：我不像你那样骄傲！

献给南方作家的赞歌

南方的文人墨客，在此寻求认可未果——
南方的文人墨客，被迫前往北方寻求发展！
是时候让世人知晓你们的冤屈了；是时候寻求补偿了——
是时候挣脱北方出版界的桎梏了，
唱一首献给南方作家的赞歌，唱一首颂扬南方荣耀的赞歌，
唱响艺术与文学的曙光，唱响你们祖国曾经蒙受的耻辱。

这里，才华常常被埋没。若想获得帮助，若想赢得认可，
你得向北方评论家求助，他们的评判更加公正。
啊！一旦你得到伦敦一两位编辑的认可，
你们国家的评论界将以你为傲。
即便你的作品水准超群，也常无人问津，
直到在英国杂志上得到关注并转载。

这片土地上，体育被尊崇得无比神圣，劳动者更是被奉若
　　神明。
你不得不迎合大众的口味，将凡夫俗子塑造成英雄！
为了这片土地上我们追求的文学荣誉而战，

你所做出的牺牲又有何用？

在墨尔本出版一部杰作，恐怕会无人问津，

即便你最平庸的作品，若在伦敦杂志上发表，也会被视为
　妙笔生花。

创作一篇南方故事，既要写得真实还要脉络清晰，

将自己的灵魂倾注于每个句子，以便最终得以付梓，

而它只会被我们的评论家含糊地接受，

将其视为对北方小说家的一种"值得称赞的模仿"。

只因此书的问世，离不开伦敦权威出版机构的精心打磨，

并伴以英国杂志中带有恩赐意味的点评。

文学价值究竟何在！反观南方读者，

却沉醉于那些"美国交流"的内容，里面却充斥着幼稚的
　黑人故事；

沉醉于古罗马人午餐后为之咯咯发笑的笑话；

沉醉于伦敦《潘趣》杂志里那种沉闷乏味的幽默？

更有甚者，他们还嘲笑南方的幽默——笑到喘不过气——

殊不知，这种幽默竟源自对澳大利亚饥荒报道的抄袭！

我们是否追问过，为何本土人才——艺术和音乐人才——
　难以扎根？

为何澳大利亚的文人墨客纷纷移民，不愿归来？

我们是否追问过，为何天才常常销声匿迹，再也无人记起？

在那些真实的报刊碎片中，我们能找到这一切的答案。

让我们为南方报业铭刻一句墓志铭：

　　"被廉价进口垃圾侵蚀的——澳大利亚杂志！"

南方的文人墨客远渡重洋，只为觅得一方更友善的天地，

讲述一个名为"被遗忘的丹尼希之墓"的可耻故事，

向南方人打听查尔斯·哈珀！探寻那苦涩的真相，讲述

亨利·肯德尔在他深爱的这片土地上的生活！

吟唱他未获得认可的歌曲！用苦涩的事实触动南方人的心弦；

拿起他曾深情抚摸的竖琴，看看残留在琴弦上的斑斑血迹！

南方的评论家们倒是仁慈，大声地评论

亨利·肯德尔少年时期在南方出版的作品，确实勇气可嘉。

肯德尔深知此事——他深知此事；

当他谈及"此地的文人墨客"的辛酸遭遇时，泪水几乎夺

　　眶而出。

（而他那声哀叹："噢，我的兄弟！"再次回响在

一位先他的兄弟而去之人的耳畔，此人曾以碑石讥讽肯德

　　尔。）

南方的作家啊，摒弃嫉妒吧！坚定有力地挥笔吧，

因为戈登的枪声仍在这片土地上回荡！

啊！吝啬的认可！啊！无用的"名声"

竟落在可怜的已故诗人身上，他头部中弹，静静躺在地上！

"再见了，我的朋友们！"（他认为离开这个世界会更好），

再见了，我的朋友们，如同"去年的枯叶……在岁末随风
　　飘零"。

这里是散文创作者的乐园，亦是诗人的天堂，

他们拥有可怕的优势——那便是饱经艰难岁月的洗礼：

他们因蔑视金钱而受到庇护、鼓励和赞美，

他们被告知，伟大的作家们也曾和他们一样穷困潦倒；

他们终将如乞丐一样被埋葬，被草草埋入黄泉之下；

而头脑简单、四肢发达的人却能享受神祇般的葬礼。

我们已了解了劳动者的权利。让南方作家也开始行动起来，

为文学、音乐和艺术而呐喊吧，

直到澳大利亚的风景画足以回馈艺术家的巧手，

直到南方诗人的歌声响彻这片土地，

直到欧洲的画廊为南方的景色留有一席之地，

直到我们的期刊不再向北方的杂志卑躬屈膝。

冒险一搏

他们站在山丘客栈的门口；
梅·卡尼抬头看着丛林大盗的眼睛：
"啊！你为什么要来？——你真是疯了，杰克；
你明知道警察正在追捕你。"
他笑了笑，摇了摇他的固执的头——
"我想跳支舞，我愿意冒险一搏。"他说道。

大约有二十个丛林人来参加舞会，
杰克年少时就已名动四方，
丛林人在佳人面前都柔情似水，
梅·卡尼对他的爱让他免受伤害；
整个短暂的夜晚——浪漫在空气中弥漫——
她与这个丛林大盗共舞，任由他冒险一搏。

午夜时分——舞步戛然而止，
只因山坡上传来阵阵马蹄声！
本·杜根，这个赶牲畜的人，沿着山坡
疾驰而来，尽显丛林人的骑术。

他从马背上一跃而下，迅速冲向棚屋——
"警察已到山谷！"他说道。

警察已逼近农舍。
"快逃，杰克·迪恩！拼命往树林深处跑！"
"快逃！"梅·卡尼焦急地喊道——手捂在胸口——
"我们尽力拖住他们一阵子，为你争取逃跑的机会。"
他犹豫了片刻——对她深情一吻——
随后跑向树林里他拴马的地方。

她跑到大门口，警察就在那里——
空气中隐约传来马镫的叮当声——
她突然大声尖叫起来，只是为了掩盖
滑轨放下时发出的咔嗒声。
而警察很机警，他一眼便看出
有人正在冒险一搏，试图逃脱。

他们追赶着，大喊着："投降吧，杰克·迪恩！"
他们以女王的名义呼唤了他三次。
接着，黑暗中传来枪栓的咔嗒声；
岩石间回荡起步枪的射击声！
伴着一声尖叫，一声呼喊，一群脸色苍白的人冲上来——
而那个丛林大盗正躺在那里，冒险一搏。

巡佐下马跪在草地上——

"你的丛林劫掠生涯结束了——与上帝和解吧，杰克！"

丛林大盗笑了笑——一言未发，

转头看向跪在他身旁的女孩。

女孩轻轻托起他的头，他凝视着她的双眸：

"吻我一下吧——我的女孩——我——我愿为你冒险一

　搏。"他说道。

内陆荒原

我从内陆荒原回来了——很遗憾我离开了那里——
原本是去寻找南方诗人笔下的那片乐土，在那里扎根；
尘土飞扬的路上，摧毁了我的许多幻想，
焚烧了许多华丽的诗篇，但我很高兴我回来了。
或许更遥远的地方藏着诗人吹嘘的绝美风光，
但我觉得沿海一带更令人心驰神往。
不管怎样，我打算暂居在镇上的寄宿公寓，
喝着啤酒和柠檬水，泡澡纳凉。

阳光炽烈的平原！天哪——烈日炙烤着由贫瘠的沙土构成
　　的荒地，
一道道坚固而持久的围栏横亘其间！
乌鸦在这片荒凉之地盘旋！雄鹰在这片荒凉之地翱翔，
牧场里狂躁的公牛不时惊跳而起，瞪大通红的眼睛；
尘土飞扬，饱受烈日炙烤的赶牛人缓缓前行
旁边是被太阳晒枯的牧羊人，正被缓缓蠕动的羊群拖拽着
　　前行。
矮小的花岗岩山峰闪耀着光芒，犹如熔岩

275

从地狱般的熔炉中喷薄而出。

绵延数英里的干涸沟渠—— 一块块浑浊的水洼
取代了往昔波光粼粼的河流——"峭壁与森林环绕"。
连绵不绝的荒岭，干涸的沟壑！还有那让人发狂的苍蝇肆
　　虐——
比埃及的瘟疫还要凶猛——在你眼前嗡嗡乱舞，令人备受
　　折磨！
丛林密布！那里看不到地平线！被丛林深深吞没的丛林人
　　目之所及
唯有——唯有！一成不变、参差不齐、发育不良的树木，
孤零零的小屋矗立在这片久旱之地，空气令人窒息。
被上帝遗忘的淘金者向往着都市生活和畅饮啤酒。

诡谲的路径绊住了异乡人，无尽的道路闪烁着刺眼的光芒，
幽暗险恶的沟壑，到处隐藏着秘密！
沉闷单调的平原和砾石山丘上，牛群顶着烈日劳作，
邪恶的巨蜥和毒蛇四处出没。
这里，昼夜混沌——没有清晨的清新，也没有午后的慵懒，
纵使6月，自日出之时，已感夏日酷热。
对于流放者来说，这个国度格外凄凉。当夜色悄然降临，
令人心碎的夕阳缓缓西沉，这一刻对流放者而言最为难熬。

雨季，这片土地阴郁沉闷，无尽的云朵飘荡，

如同毯子覆盖在丛林人身上，似乎永远不会被上帝掀开——

雨落时，这片土地格外凄凉——洪水咆哮，啊！还有

风雨交加，在幽暗的丛林中肆意呼啸——

孤零零的小屋里鬼魅般的火光摇曳，小屋周围花岗岩堆积
　　如山，

这里是风雨疯狂肆虐的荒野，堪称最荒凉之地。

这片土地上，瘦弱憔悴的妇女独自生活，像男人一样辛勤
　　劳作，

等待着丈夫放牧归家，回到她们身边：

这里是人类的家园！竟是这般被上帝彻底遗忘的地方，

拓荒者的孩子看见陌生人便仓皇奔逃。

这里是悲剧上演的地方！野狗哀号，仿佛在为悲剧喝彩。

这里是客栈老板的天堂——仿佛这地狱般的环境正适合恶
　　魔——

这里有袋鼠和袋熊，当然，还有杓鹬的啼叫——

还有孤独的流浪汉艰难跋涉，穿越无尽的荒凉！

我从内陆荒原回来了——那里是我曾经去过的地方——

原本是去寻找南方诗人笔下的那片乐土，在那里扎根；

尘土飞扬的路上，摧毁了我的许多幻想，

焚烧了许多华丽的诗篇，但我很高兴我回来了。

我相信南方诗人的梦想不会实现，
除非平原得到灌溉，土地变得适合人类居住。
正如我之前所说，我打算暂居在镇上，
喝着啤酒和柠檬水，泡澡纳凉。

城市丛林人

城市丛林人，你去了内陆荒原，那里真是令人愉悦，
只因你向往绿意盎然的地方，步履从容，尽显绅士风范；
你咒骂电车、巴士、喧嚣与拥挤，
尽管你深知肮脏的城市并不能将你与丛林隔绝；
而近来听闻你在抱怨："平原，竟毫无树荫遮拦。"
你还说，那里尘土飞扬——"天气干燥，炎热无比"。

的确，丛林有着"各种情绪和变化"——丛林人也同样如此，
因为他不是诗人笔下的傀儡——他是血肉之躯，与你我无
    异；
但他的脊背日渐佝偻——为那些远在他乡的雇主拼命劳
    作——
他辛勤劳作的妻子也日渐消瘦，远非乡村妇人应有的体态。
只因我们留意到，我们偶遇的那些人的面孔
本应与街上的那些面孔形成更大的反差；
简而言之，丛林人似乎正被逼入绝境，
那颗忠诚的心是否保持如初，实在令人怀疑。

尽管丛林向来浪漫迷人，歌颂它也是一桩美事，
但这片土地上充斥着太多不必要的爱国主义———
那种英国工人阶级的陈词滥调，终将在
被驱使的牧民和被剥削的剪羊毛工的讥讽中消亡，
在那些疲于奔命、几乎无暇休息的西部农民的讥讽中消亡，
西部地区，绵羊泛滥成灾，农民因决策失误而破产；
牧歌虽然悦耳动听，但对于这个被银行掌控的国家的人民
　　而言，
这些歌曲实在不值得多少感激。

"季节的交替更迭"与诗歌韵律的起伏相得益彰，
但我们知道，西部的季节却不循常规；
因为干旱会持续肆虐，直至万物皆枯，
随后大雨滂沱，仿佛要将晴朗的天空漂白；
雨水毫无休止地倾泻，昼夜不停，
几乎要把所有人都冲到澳大利亚湾。
反观昆士兰北部，季节变化最为明显，
而在西部，季节变化却难以察觉；
有些年份里，没有秋天，没有冬天，也没有春天，
唯有酷热难耐的六月，还有雨水如注的夏天。

丛林里，我听到鸟儿的歌唱，
但我从未听过"喜鹊的欢歌"。

有一回，这小家伙在客栈里惊醒了我，确有此事，
我只听见它问道："你这家伙到底是谁？"
还有那山中的铃鸟——它"银铃般的声音"略显刺耳，
尤其是听到杓鹬在沼泽中独唱时。

的确，我曾聆听剪羊毛工吟唱《威廉·莱利》，怎奈却跑调，
周末午后，我看到他们在棚屋边争斗厮打，
但丛林人并非总在"暗夜里捕捉野马"，
也不是总在"空气清新的清晨"策马驰骋，
更不是总在小棚屋里哼着小曲忙碌不停，
"篝火温馨"也有些言过其实；
雨天，我们与丛林人围着火堆互诉苦闷，
浓烟足以熏瞎一头公牛，全然不见火焰升腾，
唯有轮番咒骂火堆时嘴里喷出的怒火，
直到空气变得炽热，木头也开始燃烧。
随即，我们便拧干行囊里因受潮而发霉的衣物，
看见糖从袋子底部漏了出来，
我们无法齐声高歌，只因牙疼难忍，腿又抽筋，
只能在营地的水坑旁，度过黑夜中的数个时辰。

你是否愿意与克兰西交换——去放牧吗？请如实相告，
我们倒觉得克兰西会乐意与你交换，
在城市里谋求发展；恐怕这会令你的灵感大受打击，

只因羊群染上腐蹄病会耗费你的时间和金钱，

倘若你家有妻儿，还有一摞账单要付，

恐怕你也无暇关注星空下的美景。

你可曾在漆黑的夜晚看守牛群？

天下着雨，冰冷的雨水缓缓淌过你的脊背，

直到你疲惫不堪的脊背疼痛难忍，

你甚至感觉靴子里有牛蛙呱呱叫——

你坐在马鞍上瑟瑟发抖，咒骂着不安分的牲畜，咳嗽不止，

直到一位怒气冲冲的农场主策马前来，将你喝退？

你可曾在季节"沉睡"之际，与干旱和胸膜炎奋力抗争？

整个清晨都在砍伐木麻黄，只为饥肠辘辘的羊群，

渴了喝烂泥——爬上树梢，砍断树枝，

只为那些心力交瘁的小公牛和又渴又脏的母牛？

你是否认为，往昔美好的放牧岁月更显丛林的美好？

那时，牧场主高高在上，如同西部尊贵的领主，

你用汗水换来的微薄收入，只得到一张纸条作为凭证，

却还得被迫从牧场换取日常所需——

你在小棚屋里忙碌不停，却连一只鸡都养不了，

因为牧场主不允许——你永远都有做不完的工作；

那时，你不得不留下妻子空守小屋，黯然神伤，

而你自己则要四处奔波——在你出生之前就是如此！

啊！我们读了关于赶牛人、剪羊毛工和其他类似人物的故
　事，
不禁心生疑惑，为何这些快乐又浪漫的家伙要罢工？
难道你不觉得诗人应该让丛林休息片刻，
以免他们在过度美化的西部掀起正义的反抗？
那里，纯朴的丛林人只须骑马四处转转，
谎报从未出现的羊群幻影，就能换得温饱与酒香；
那里，"剥削者"——从未被"推手"的战吼声所困扰——
有一份清闲的小差事——在丛林里饲养兔子；
那里，懒散的酒馆老板总能成功地赚到一笔，
而冒名顶替者通过法律规定的物资供给就能得到食物；
那里，剪羊毛工奋起反抗时，
劳工领袖不惜牺牲自己的财产来争取权益；
那里，牧场主通过占有土地发家致富，"不管季节如何更迭"，
贫穷而老实的丛林人却要为此承受一切；
那里，赶牲口的人、剪羊毛工、丛林人和其他人
永远也到不了诗人笔下的西部"黄金国"。

你以为丛林纯净，那里的生活更美好，
但它似乎并不如"肮脏的街道和广场"那样能给你带来回报。
请告诉我们，城市丛林人，你究竟是在散文还是诗歌中读

到过，

关于那个可怕的"城市小魔王会用诅咒迎接你"的描述？

即便他们的主人衣食不周，他们依旧拥有金子般的心灵，

我们敢断言，货运司机的后代的骂功不输城里的顽童。

你以为在电车和公交车喧嚣的城市，我们就不快乐吗？

你可曾听到过"Ri-tooral"登台时，观众们的齐声欢呼？

当城市小魔王为比利·艾尔顿高声呐喊，为罗伊斯跺脚欢

　　呼时，

你可曾从他的声音中捕捉到一丝忧伤？

丛林人在私密酒吧中的灯影里饮酒作乐、调笑嬉戏时，

沉湎于欢愉之中的他们，是否会怀念永恒的星辰？

你说你讨厌"电车和公交车"，或讨厌它们发出的"轰鸣声"，

还有那"肮脏、破旧的阁楼"，你从未在此为生计而劳作。

（至于阁楼——天哪！你究竟去过哪里？

因为那些努力工作的女裁缝会把阁楼打扫得一尘不染）

但你会发现，和上流社会的人在一起非常愉悦，

虽然你总是对丛林赞不绝口，而城市似乎很适合你。

你不得不承认，内陆荒原，尤其是干旱时节，

那里并不是诗人狂热讴歌的"黄金国"，

而我们有时渴望纵马驰骋，如狂放不羁的丛林人那般

追逐那些因受惊而拼命奔逃的野马；

渴望再度感受马鞍在我们两腿间震颤，
渴望听到牧鞭如枪声般在林间噼啪作响！
渴望感受缰绳在手中紧紧拉扯
渴望再度感受如同原住民一般的归属感。
而我们激昂的诗篇中回荡着苦涩的韵律，
既与这片土地格格不入，又有悖于时代精神。
让我们一同去放牧，倘若我们能平安归来，
在清算分红时，试着去理解彼此。

格罗格 - 安 - 格鲁布尔镇的越野障碍赛马

格罗格 – 安 – 格鲁布尔镇位于海边的边境，
丛林人还未沦为沉闷、无情的苦力的时代，
据说当地的集会是一场醉酒后的激烈斗殴，
往往以法官的审讯而告终。
据说镇上的能手与格罗格 – 安 – 格鲁布尔镇的运动健将较
　量时，
时常受挫，带着满头的伤痕而归，
因为格罗格 – 安 – 格鲁布尔镇参赛者的财富、生命与安全
大多都系于本地纯种马的比赛结果。

帕特·姆杜默拥有一匹骏马，名叫"尖叫者"，
他宣称，这匹马是从达令河至海滨最快的马，
我想，这位胃病缠身的梦想家
是否曾目睹过如此奇骏，着实令人怀疑；
因为它的特征极为显著，从头到尾都与众不同，
它有着不同颜色的眼睛，四蹄也不成比例。
帕特·姆杜默说，此马总能险胜，
它的父亲来自英格兰，母亲来自美国。

朋友们会与姆杜默争论，说他犯了一个错误，

因为他让"尖叫者"参赛，必败无疑，

他们声称，有个名叫"小恶魔"的城市赛马手

被公认为是即将到来的障碍赛的赢家；

但姆杜默表示，他有本事让"尖叫者"在雨天取胜，

还莫名其妙地提及自己知晓比赛时间，

这让大家对他刮目相看。人们留意到

"尖叫者"的训练过程极为神秘，总在暗地里进行。

哎呀，终于，荣耀的日子来临了，这是一个欢庆的日子。

方圆数百英里的丛林人漫不经心地赶来，

满载朗姆酒、啤酒和威士忌的马车从牧场驶来，

而"小恶魔"赛马团最先抵达赛场。

裁判麦阿德——他的意见几乎无人能撼动——

站在由树皮和树枝搭建的看台上，处境极其危险：

他正是当地人斯蒂金斯口中的"怒火之容器"，

他手中还握着一根棍棒。

发令员大喊一声"出发"，一名笨拙的骑师应声而倒——

比赛就此开启，场面混乱不堪——独留骑师在原地——

一路跌跌撞撞、翻滚着，沿着崎岖不平、布满岩石的赛道

　　疾驰，

直到"尖叫者"的蹄声响彻一英里之外。

但它稳住步伐，继续飞驰；它早已习惯了崎岖的赛道，

它蹒跚冲下山沟，直到山脊为之震颤：

沿着赛道侧道奋力前行，尘土飞扬，

其他马匹和骑手都被它身后扬起的尘土遮蔽了视线。

"尖叫者"逐渐从混乱中奋力挣脱——众人惊讶地发现

它与"小恶魔"齐头并进，沿着平地疾驰——

它身后的尘土愈发高扬，愈发浓密厚重，

赛道前方的障碍物被撞得粉碎，碎片四散纷飞。

"小恶魔！""平局！"人们叫喊着——"小恶魔！"

而"尖叫者"紧追不舍，与"小恶魔"鼻尖相对，越过溪流，

帕特·姆杜默大喊道："把舌头伸出来！把舌头伸出来！"

"尖叫者"伸出了舌头，以半条舌头的优势获胜。

向往坟墓的诗人

这个世界已经受够了那些渴望死亡的吟游诗人，
是时候通过一项法律来制止这种念头，
倘若诗人的朋友能给予他们所渴盼的安宁，那该多好——
那些吟唱着"泪水"与"绝望"的诗人，那些向往坟墓的诗人。
他们说生活是一桩可怕的事情，满是忧愁与阴霾，
他们谈论着坟墓里的宁静与安逸。

人们常说人由泥土造就，当然，人终有一死。
但即便如此，人也是由相当坚实的尘土造就的。
但有一点他们忘记了，在此应该写明，
有些人由普通的泥土造就，有些人却是由沙砾造就；
有些人试图让世界变得更好，有些人却烦躁不安，
渴望能在寂静的坟墓中长眠。

从诞生于母亲的怀抱到躺进棺材，人有事情要做！
即使竭尽全力，也难免忧心忡忡，
只要世间还有不公，只要世界还在转动，
一个正直的活人胜过地下的百万亡魂。

然而，只要木麻黄还在叹息，金合欢花还在绽放，
世间就会听到那些向往坟墓的诗人的胡言乱语。

尽管那些向往坟墓的诗人渴望消失于世间，
但我发现他们希望自己的安息之地绿草如茵。
如果现在我正长眠于地下，我想我并不会在意
是否会有袋熊在坟冢上刨挖，抑或是否会有奶牛在此栖息；
倘若我离世后尚存一丝感知，
我想，那便是巨石压身之痛。

这些消极悲观的诗歌无法给我带来丝毫的喜悦；
我愿意与这个世界一较高下，我宁愿活着并战斗。
即便命运在我前行的路上时而欢笑时而皱眉，
在我倒下之前，我也要努力为这个世界做点好事。
让我们为那些应当实现的理想而战，努力让理想实现；
当我们化为坟墓中的灰烬时，就无法再帮助人类了。

从滑铁卢来的人

有个从滑铁卢来的人，
城里工作清闲时，
他便像丛林人一样背起行囊
踏上征途，走向远方。
他跋涉数月，分文未赚，
因为大多数的羊棚都已满员，
直到最后，他找到一份
捡拾羊毛的工作。

他发现这份工作相当辛苦，
但他发誓要坚持到底，
因为，他有着坚强的意志——
这就是那个从滑铁卢来的人。

别人对他的第一句评价如同一把利刃
猛地刺进他的耳朵，
说的是——"又来了个捣乱的家伙，
老板招了个什么人！"

他们绝不会让这个城里人好过——

他们总对他冷嘲热讽;

当他读到以"ing"结尾的词,发出"g"的音时,

总被无情地模仿和嘲笑。

有个从艾伦巴克来的人,

他在羊棚里剪羊毛;

他吃东西时,像鲨鱼一样狼吞虎咽,

他骂起人来如同恶魔附身。

那天,他剃掉了飘逸的长须——

他发现劳作时很碍事——

因为天气炎热更觉难以忍受,

剪羊毛时更不便。

他脏兮兮的手中握着

那把叉满食物的叉子,

嘴巴快速地咀嚼着,

急不可耐地想要吞下

最后一口食物。

他看不惯那些装模作样的城里人,

更别提一个初来乍到的家伙了;

他发誓,要好好教训一番

那个从滑铁卢来的人。

这个城里人意识到他必须强硬起来，
否则就只能任人欺凌，
于是，有一天，当着所有人的面，
他大胆地刷起了牙。

工人们纷纷从羊棚跑出来，
大喊道，"瞧，真是前所未见！"
"这家伙竟刷起了牙！"
那个从艾伦巴克来的人说道。
他的低劣的嘲弄令众人十分开心；
嘴角露出恶霸般的冷笑，
还拿起一把刷子戏弄
那个从滑铁卢来的人。

这位新手一声不吭，
脱了衣服就猛冲上去，
很快，从艾伦巴克来的那个人
就少了三颗牙齿，没法再那般肆意地咧嘴笑了！
众人见他奋起反击，
便发誓要挺他到底，
因为他们明白，正义在他这方——
那个从滑铁卢来的人。

如今，悉尼的一家店铺里，

靠近货架上的酒瓶，

那位新手讲述着这个故事——

还添油加醋了一番。

"他们让我的生活变成了地狱，"他说道，

"他们不让我安宁；

他们让羊棚里的恶霸

来收拾我。

"他满身污垢，仿佛穿了一层盔甲，

他很少洗脸；

他嘲笑我刷牙——

我想我让他吃了一点苦头！

我以其人之道还治其人之身，

我给了他一点颜色瞧瞧！

他们不会很快忘记我的。"他说道。

起来吧！起来吧！

起来吧！起来吧！高贵的劳动者们！用烈火和钢铁争取你
  们的权利！

起来吧！因为该死的暴君正用铁蹄踩躏你们！

他们对待你们比对待奴隶还要恶劣！他们对待你们比对待
  野兽还要残忍！

起来推翻自私的暴君！用你们的钉靴踩碎他们！

起来吧！起来吧！光荣的劳动者们！

起来吧！起来吧！高贵的劳动者们！

觉醒吧！起来吧！

起来吧！起来吧！高贵的劳动者们！暴君正冲破人群而来！

你们会放弃劳动者的权利吗？你们会吗？你们还要继续做
  奴隶吗？

起来吧！起来吧！强大的劳动者们！废除那些腐朽的法律！

看！当你们为争取权利而战时，你们的妻子却外出洗衣！

起来吧！起来吧！光荣的劳动者们！

起来吧！起来吧！高贵的劳动者们！

觉醒吧！起来吧！

辉煌的黎明即将到来！看！暴君此刻正在颤抖！

他再也不能让我们在此挨饿了！劳动者们不再屈服低头！

起来吧！起来吧！高贵的劳动者们！起来吧！看！复仇就
　在眼前；

看！人民的领袖来了！来，喝杯啤酒吧！

起来吧！起来吧！高贵的劳动者们！

起来吧！起来吧！光荣的劳动者们！

觉醒吧！起来吧！

看！我的兄弟们，穷人在挨饿！看！我们的妻子和孩子在
　哭泣！

看！妇女们为了养家糊口而辛勤劳作，而劳动者们却在沉睡！

起来吧！起来吧！高贵的劳动者们！起来打破暴君的枷锁！

前进吧！前进吧！强大的劳动者们！哪怕直赴战场！

起来吧！起来吧！高贵的劳动者们！

起来吧！起来吧！高贵的劳动者们！

觉醒吧！起来吧！

来自内佛提尔的杰克·邓恩

那天，我们刚剪完羊毛，
一辆马车把一个陌生人带到了"西部周日牧场"；
他有一张圆润而和善的脸庞，身形健壮又丰腴，
他驾车径直穿过工棚区，把牧场主管叫了出去。
我们几个刚喝完茶，正抽着烟，听到那个阔佬打听
一位名叫"邓恩"的旅人，来自内佛提尔。
杰克·邓恩，来自内佛提尔，
可怜的邓恩，来自内佛提尔；
杰克·邓恩啊，我们之中没有谁不认识他。

"来自内佛提尔的杰克·邓恩"，他说，"昔日老友，
已经二十年没见过他。
没有比杰克更正直的人了——没有比他更可靠的朋友，
这片土地上，没有哪只手比他的手更让我渴望与之相握；
为了帮助同伴渡过难关，杰克定会赴汤蹈火。
天哪！难道你们不知道这位名叫邓恩，来自内佛提尔的人吗？
身形健壮的杰克·邓恩，来自内佛提尔，
身材魁梧的杰克·邓恩，来自内佛提尔；

无论顺境还是逆境，来自内佛提尔的杰克·邓恩都与我同在。

"我和杰克还是朋友的时候，我做了一件鲁莽而愚蠢的事，

我辱没了雇主的名声，想去美国碰碰运气。

我把目光转向美国，只因我一些亲戚在那里，

有人寄钱给我作路费时，我以为我很清楚是谁寄的；

我原以为是父亲寄来的，直到我费心打听，

才得知寄钱的人原来是来自内佛提尔的邓恩，

杰克·邓恩，来自内佛提尔，

慷慨善良的邓恩，来自内佛提尔；

比赛中夺魁而获得奖金——来自内佛提尔的杰克·邓恩。

"如今，我经由利物浦重返故土，活脱脱一副美国阔佬的

　模样，

我反复思忖，精心筹谋，只为唤醒我深爱的故土；

我发誓，在广阔的世界，此地无与伦比——

抵达乔治王湾前一月，丛林芬芳已入我心扉！

现在我回来定居了，心中最大的念想，

便是与故友重逢，他叫邓恩，来自内佛提尔。

他在内佛提尔长大——

那个叫内佛提尔的小镇；

他背起行囊远行，来自内佛提尔的杰克·邓恩。

"我听说他很穷，如果真是这样，他可真是一个骄傲的老顽固；

不过，尽管如此，我也会想办法帮这个老家伙一把。

我在北方买了一个牧场——那是能买到的最好的牧场；

我需要一个人来打理牲畜——我迫切需要一个主管；

我不要仗势欺人的恶霸来发号施令——也不要谄媚狡诈之徒，

我的主管将是杰克·邓恩，来自内佛提尔！

正直不阿的杰克·邓恩，来自内佛提尔，

经验丰富的杰克·邓恩，来自内佛提尔；

我猜他在昆士兰一带很有名——来自内佛提尔的杰克·邓恩。"

牧场主管神色微妙，他说道：

"我想我见过你要找的那个人，我想我知道他的名字；

他面容和善，自由自在、无忧无虑的样子，

灰色的眼睛似乎总是带着微笑，头发刚刚开始变白——

胡子刮得很干净，仅留一小撮八字须，四肢修长，健壮非凡？"

"*就是他！就是邓恩！*"陌生人喊道，"来自内佛提尔的
    杰克·邓恩。

杰克·邓恩，来自内佛提尔，

杰克·邓恩，来自内佛提尔，

他们说我会在这找到他，这个家伙！——来自内佛提尔的
    杰克·邓恩。"

"我虽已冷静，但我能认出他的步态，"陌生人喊道，"我
　坚信不疑。"

"我实在怀疑，"主管回应道，"他的步态已非往昔。"

"也许如此！"陌生人说道，"这些年，杰克历经沧桑；
但即便一英里之遥，我发誓我也能认出他的背影。"

"我实在怀疑，"主管说道，悲伤地抽着烟斗，
"我想啊，他已经插上了一双翅膀——来自内佛提尔的杰
　克·邓恩；

杰克·邓恩，来自内佛提尔，

勇敢无畏的杰克·邓恩，来自内佛提尔，

他因照顾我而染上疾病，来自内佛提尔的杰克·邓恩。"

我们带着陌生人来到一棵孤零零的桉树旁，

草丛轻掩，一块花岗岩浮现在眼前，

上面清晰地刻着邓恩的名字——

"我的心碎了一地，"陌生人悲伤又绝望地说，

"我想我要找的那个人已去寻觅更广阔的天地了；

他现在拥有了河岸边的土地，来自内佛提尔的杰克·邓恩；

正直不阿的杰克·邓恩，来自内佛提尔，

杰克·邓恩，来自内佛提尔，

我想连圣彼得也知道这个人——来自内佛提尔的杰克·邓恩。"

比利心爱的姑娘

隆·比利，这个帮派的头目，厌倦了目前的生活，
渴望改变现状，博得一位"正派"女子的钟情；
有传言称，"吸血鬼"团伙听闻隆·比利宣称
他打算改过自新，迎娶他"心爱的姑娘"。

他渴望得到纯真的吻；他的灵魂渴望得到升华；
他的忠诚的情人"红发魔女"，在他眼中变得可憎；
（尽管，"红发魔女"仍伴其左右，
遗憾的是，"红发魔女"并非他想迎娶的那位"心爱的姑娘"。）

他想换身行头，一套时髦的西装，一双靴子和一顶帽子；
他的女友挣了一两镑——他不愿动用分毫；
于是便踏足布里克菲尔德山，从一布商处
　"敲诈"到一身合适的行头，只为博得他的那位"心爱的
　　姑娘"的芳心。

隆·比利光顾理发店，剃须烫发，
窄小的额头上，梳着他钟爱的梅布尔式刘海；

身着笔挺西装，靴履刷得锃亮，
他在花园中悠然漫步，邂逅了他的那位"心爱的姑娘"。

她来自"海岸"某地，是一位端庄高雅的侍女，
一身时髦打扮，撩动了比利的心弦——他心满意足，再无
　　他求。
面对她纯真无邪的模样，他收起了平日的嬉笑怒骂，
他深知，唯有温文尔雅的气质，方能赢得他的那位"心爱
　　的姑娘"的芳心。

如此抛弃他的旧情人，既暗藏危机，也有违道德，
倘若她将他的脑袋敲碎，那也是他活该。
"吸血鬼"团伙也这么认为，并警告他要多加小心
以防"红发魔女"察觉比利和他的那位"心爱的姑娘"的恋情。

他带她去看戏；虽然花费不菲，但比利说"这算什么！"
他担心"红发魔女"知晓，无法将他心爱的姑娘示于人前。
唯有夜幕低垂，他们在公园里徜徉，二人相互依偎——
然而，唉！"红发魔女"还是发现了比利和他的那位"心
　　爱的姑娘"的恋情。

"天啊！地啊！星星啊！你们做证！"她叫嚷道，"无耻
　　之徒！

我定要将你们千刀万剐，我要将你们千刀万剐！"
她借酒消愁、胡言乱语、尖声嘶叫，撕扯着她的红色头发，
立下毒誓要取比利的性命，还要痛揍他的那位"心爱的姑娘"。

于是，一个夏日傍晚，暮色渐浓，
她看到比利出门，一路跟踪比利和他的那位"心爱的姑娘"。
那晚，公园里响彻着划破夜空的尖叫声——
"红发魔女"去找比利和他的那位"心爱的姑娘"算账。

"吸血鬼"团伙跟踪着"红发魔女"，跟着她来到了公园，
当然，他们就在附近，只为目睹这场血腥的闹剧；
一名警察及时赶到，听到"吸血鬼"团伙宣称：
"天哪！'红发魔女'竟搅黄了比利和他的那位'心爱的
    姑娘'的恋情。"

如今，比利在岩石区满面愁容，昔日的英姿已经黯淡，
而比利的女友则被判了六个月的监禁；
比利的眼睛受了伤，蒙着绷带，心如死灰，
而比利的那位"心爱的姑娘"正躺在悉尼医院里。

当你的裤子破了

当你的衣领沾染污渍，衬衫也不再洁白无瑕，
你因思虑如何熬过明日而辗转难眠，
或许你多愁善感，时常与忧虑为伴，
你可能还未曾真正陷入"绝望的深渊"；
试想，世间万般烦恼中，何事最令人心烦意乱？
我觉得是你的裤子亟须打补丁。

我注意到，剧中的英雄遭遇不幸，
衣衫磨损得破烂不堪，破损之处尽显奇异之状；
他满腹牢骚，四处游荡，观众却为他鼓掌欢呼，
却未曾留意，他的裤子，实际上完好无损；
尽管如此，诚然，他也无奈，倘若裤子显露补丁的痕迹，
我们的欢笑，将化作对他忧虑的无情嘲笑。

即便路面磨破了你的皮靴、袜子乃至脚掌，
你依然昂首挺胸、阔步向前，那你便是英雄；
若你不屑于借玩笑之名来博取怜悯，
那你便比寻常人更加英勇；

熟人的充满疑惑与不解的目光向你袭来；

尽管如此——诚然，当你的裤子破了，你注定要面对这些
　　目光。

倘若富贵的时候，你纵情享乐——未曾将财富奉为神明，

有人会说，如果风雨骤至，都是因为你昔日的放纵——

有人甚至预言，你会穷困潦倒而死，而你仅付之一笑，

衣衫虽已破旧不堪，头顶上的帽子，依旧风姿绰约；

步履间，鞋底渐薄，你对那些预言，唯有轻蔑一笑。

但——当一个人的裤子破了，那一刻，则懦弱尽显。

尽管当下与未来或许黯淡无光，

最好还是告诉你的朋友们你一切安好，

男人总爱编织谎言，谎言里藏着刚强，

只为让亲友心安，相信你过得很好；

但当衣衫渐薄难以蔽体的时候，

展现英雄气概很难，强颜欢笑也非易事。

从最知心的好友那里汲取温柔的慰藉，

让悲伤无法在他人面前泛滥；

满腹愁绪的时候，有朋友可依靠，倾吐心声，

他轻抚你的衣角，称赞很整洁，笑着说："瞧我这身，更
　　胜一筹！"

即便你浑身补丁，他也不言破，
他发誓，即便你的裤子破了，也没人会注意。

我的兄弟啊，还有那些不幸的人啊！时运不济，但不要烦忧，
鼓起勇气，奋力拼搏，过往云烟，我们终将一笑而过，
埃及地界，谷物稀少，而广袤的非洲，定有丰饶的地方——
请保持微笑，迎接美好的日子的到来！
我们会时常笑谈我们所经历的艰苦岁月，
当我们的裤子破了，就去找裁缝量身定制。

如今，那些养尊处优的女士，
偶然读到这些粗犷的诗句，便佯装受惊。
随她们去摆弄她们的香水瓶吧；正是那些富人决定
这个世界应将瑕疵隐藏在骄傲冷酷的外表下；
而我坚信，即便裤子破了，
人性的骄傲中自有一种高尚，我发誓，这绝不低贱。